SOUVENIRS À FLEUR DE PEAU

DÉJÀ PUBLIÉS

TRILOGIE DRACONIA
1. *Sous le Sceau du Dragon*
2. *Le Glaive de la Liberté*
3. *Entre Ombre & Ténèbres*

Errances

CETTE HISTOIRE EST ÉGALEMENT DISPONIBLE
EN FORMAT NUMÉRIQUE

Lise-Marie Lecompte

Souvenirs à Fleur de Peau

NOVELLA

Autoédition

Loi n°49-956 du 16 juillet 1949 sur les publications destinées à la jeunesse, modifiée par la loi n°2011-525 du 17 mai 2011.

ISBN 978-2-3223814-5-6

Dépôt légal : Octobre 2021

Impression : BoD - Books on Demand, Norderstedt, Allemagne

Édition : BoD – Books on Demand,
12/14 rond-point des Champs-Élysées, 75008 Paris

Autoédition
Impression à la demande

Couverture : © Meridian
Sur une photo de AJS1 de Pixabay.com

Copyright © Lise-Marie Lecompte 2021
Tous droits réservés

♪ Inspirations musicales

Au cas où vous souhaiteriez nimber ces mots d'une émotion supplémentaire incitant au lâcher-prise, essayez donc les musiques qui m'ont accompagnée pendant la rédaction de cette histoire.

- Bandes originales de films :
  Bram Stoker's Dracula, de Wojciech Kilar - Écoutez *The Brides* en boucle avec la lecture du chapitre 13. Mise en ambiance garantie.
  W. E. d'Abel Korzeniowski
- Du piano, bien sûr :
  Passacaglia, d'Händel Halvorsen
  Sonate en sol mineur, de Jean-Sébastien Bach (par Luo Ni)
  Adagio en sol mineur, de Tomasco Albinoni
  The Heart asks Pleasure First, de Michael Nyman
- Two Steps From Hell :
  Prelude to a Nightmare, Love Suspended, Little Ben, Undying Love

*À vous qui savez que le véritable
Amour peut traverser le Temps pour apaiser
les cœurs meurtris.*

1

Tracing the trails through the mirrors of time
Spinning in circles with riddles in rhyme
We lose our way, trying to find
Searching to find our way home
Trying to find our way home

Sans même m'en rendre compte, je m'étais mise à fredonner cette chanson aux relents nostalgiques de Blackmore's Night, comme celle que j'écoutais : *Where are we going from here ?* À me demander pourquoi j'avais opté pour ce groupe et son registre aux consonances médiévales parmi mes *playlists* pop-rock habituelles. Qui sait... Peut-être une envie d'autre chose au niveau musical, durant ces vacances.

Les vacances.

Ce simple mot était déjà riche de promesses de farniente enfin méritées pour la plupart des salariés bénéficiant en toute quiétude de leurs congés payés. Sauf qu'il en va autrement pour les professions libérales dont, très bizarrement, je faisais partie. Étant graphiste en *free-lance*, je pouvais me considérer comme ma propre patronne, libre de décider de mon emploi du temps. L'idée étant de réussir à se couper de ses obligations suffisamment longtemps pour plus qu'un simple week-end. Il fallait en plus qu'un autre facteur soit au vert : le planning, mais aussi les finances.

Par chance, je venais de terminer une importante commande pour mon client fétiche, une maison d'édition spécialisée dans la littérature de l'imaginaire, tous genres confondus. Trois couvertures complètes pour une trilogie dans un style Bit-Lit publiée aux USA et récemment traduite dans la langue de Molière. L'éditeur voulait donner un nouveau visuel aux trois livres, assez différents de ceux choisis pour les versions originales. Ce qui faisait mon affaire, tout en garnissant encore plus mon carnet de commandes pour cette année. Par chance, le projet m'a été confié.

Trêve de boulot ! J'avais déplacé mes engagements les moins urgents pour la fin du mois, après mon retour dans la grisaille de la région parisienne. Dans l'immédiat, je profitais de l'air frais printanier du Limousin.

Jusqu'ici, j'avais surtout visité Limoges en solo, orientée par le bon vieux pifomètre ainsi qu'un petit guide touristique acheté à la gare d'Austerlitz au moment du départ. Sauf qu'il était dommage de venir dans ce genre de région pour ne pas s'aventurer hors de la ville. L'occasion de profiter des visites guidées, d'autant plus qu'elles comprenaient les trajets, ce qui ôtait une épine du pied tant certains coins étaient reculés dans l'arrière-pays.

J'étais donc dans un minibus pouvant contenir jusqu'à une quinzaine de personnes, en incluant le chauffeur, qui faisait aussi office d'accompagnateur.

Dournazac aurait pu être un patelin fleurant bon l'air iodé de la Bretagne, à ceci près qu'il se trouvait à plus d'une trentaine de kilomètres de Limoges, dans le département de la Haute-Vienne. Bien loin du littoral armoricain.

Parmi les lieux et monuments du coin, il y avait l'église Saint-Sulpice qui n'avait rien à voir avec son homonyme parisien. J'aurais bien aimé visiter l'Abbaye de Tavaud, datant du XIIe siècle, mais j'avais jeté mon dévolu sur le château de Montbrun. Une forteresse médiévale de style roman qui m'intriguait au plus haut point. *Exit* donc l'édifice tape-à-l'œil de Versailles ou les palais comme à Chenonceaux ! J'étais plus à la recherche d'une bâtisse évoquant les châteaux forts aux épaisses fortifications crénelées et, à en croire les quelques photos glanées sur Internet, j'allais être servie.

En attendant, nous en avions pour trois quarts d'heure de trajet avant d'y parvenir. Ce qui laissait tout le temps de profiter du paysage. Quand la route me semblait interminable, je me replongeais un instant dans ma lecture du moment ; la trilogie dont j'avais fait les illustrations de couverture. L'éditeur m'en avait envoyé des copies numériques en avant-première pour que je puisse m'inspirer de l'ambiance. Sauf que le genre Bit-Lit ne me plaisait pas trop à cause des clichés dont l'autrice avait usé, sinon abusé. L'héroïne était l'archétype même de la femme ultra sexy et forte, mais au passé fracturé d'un traumatisme qui allait immanquablement compliquer l'intrigue. Elle rencontrerait un super beau mec et ils ne pourraient pas se piffrer d'entrée de jeu. À ce stade de l'histoire, cousue d'un fil blanc *flashy*, il y aurait la première d'une longue série de parties de jambes en l'air au cours des dix premiers chapitres. Sans oublier quelques meurtres bien sanguinolents et que ladite bombe sexuelle masculine serait un vampire. Séduisant, plein aux as, et doté d'une libido excessive, de surcroît.

Je soupirais de dépit. Si les trois romans étaient de cet acabit, je n'allais pas tarder à me lasser dès le premier tome.

J'aimerais bien, pour une fois, tomber sur une intrigue dans laquelle le vampire serait laid à faire peur, fauché comme les blés, et atteint d'hématophobie ! Imaginez un peu, un vampire qui aurait la trouille du sang...

L'idée me faisait déjà marrer !

D'un autre côté, je n'avais pas dans l'habitude de lire des romans de vampires, hormis quelques exceptions. Le terrifiant *Salem* de Stephen King en faisait partie pour avoir empli d'effroi mes nuits de lecture, à l'adolescence. Ensuite, plus rien du côté des impitoyables suceurs d'hémoglobine -mis à part les moustiques- jusqu'à l'étrange *De fièvre et de sang* de Cédric Sire. Un thriller surnaturel inspiré de la légendaire comtesse de Báthory, qui était à l'origine même du mythe. Le genre de lecture qui m'avait fait craindre des profusions sanguinolentes rien qu'en allumant ma liseuse. Ma dernière lecture en date avait été un dytique écrit par David Khara mettant en scène l'amitié improbable entre un flic new-yorkais anéanti par les attentats du 11 septembre et un vampire énigmatique issu de la Guerre de Sécession. Une bien agréable découverte livresque qui avait eu le mérite de renouveler le genre.

Cette fois, nous avions quitté la départementale pour suivre de petites routes à une voie, en pleine campagne. De celles qui donnent l'impression d'un voyage hors du temps, loin de l'urbanisme à outrance du XXIe siècle. Heureusement, notre véhicule avait la place de circuler, mais la rencontre d'une voiture arrivant en face occasionnait parfois des manœuvres pour que tout le monde puisse passer sans dommage.

De mon côté, j'avais abaissé ma fenêtre pour profiter autant de la vue sur les étendues sylvestres abondantes que pour m'enivrer de l'air doux embaumé après une nuit de pluie. Merveilleuse odeur.

À l'intersection suivante, un panneau fléché mentionnait les lieux les plus proches : le village de La Chapelle-Montbrandeix, mais aussi Le Grand Puyconnieux et, notre destination, le château de Montbrun.

Il m'était impossible de me concentrer sur quoi que ce soit d'autre que la route que nous arpentions à travers champs et forêts où quelques bâtisses et maisons de pierres nous invitaient à elles seules à un voyage dans le passé. Il était même plaisant de s'imaginer dans une calèche tractée par de puissants chevaux sur les chemins cahotants. Dommage que le GPS vint interrompre cette escapade onirique en annonçant d'une voix atone que nous étions sur la rue de Montbrun. Ce qu'un petit panneau noir avec le terme « Montbrun » écrit en blanc confirma quelques kilomètres après.

Le château ne serait plus très loin.

Une insolite impression de déjà-vu me tenaillait tandis que l'édifice m'apparut dans son ensemble. Un trouble qui se mua en une certitude dès que je le vis de mes propres yeux... mais sans parvenir à me rappeler à quel moment je serais venue en ces lieux.

Le minibus se gara près d'une taverne au lettrage gothique sur les murs en pierres, juste en face du portail menant au château. Il faudrait faire le reste du trajet à pieds, mais il n'y avait pas loin à aller.

Nous étions arrivés.

Une fois descendus, nous étions ravis de pouvoir nous dégourdir les jambes. Le chauffeur vint prendre la parole.

— Nous allons rejoindre l'entrée où Marthe, notre guide, nous fera la visite des lieux. Elle y travaille depuis plusieurs décennies et connaît l'endroit mieux que quiconque. Vous pouvez me croire, personne n'a encore réussi à la surpasser à ce niveau-là. Nous irons déjeuner ici avant de marquer une pause. En suivant un peu la route du château, il est possible de prendre de belles photos, avec vue sur la forêt et le plan d'eau, mais ce ne sera pas pour tout de suite.

La tirade de notre guide fut interrompue par le puissant vrombissement d'une moto lancée à vive allure. Celle-ci finit par ralentir pour venir se garer près de notre véhicule. C'était une Harley-Davidson sublime, noire et chromée, apparemment entretenue avec dévotion. Vêtu d'un jean et d'un blouson en cuir de même couleur, le motard ôta son casque en ébouriffant son épaisse chevelure poivre et sel avant de rejoindre le guide de notre petit groupe. Il portait un pull noir ajusté ainsi que des bagues argentées qui brillaient à ses doigts. Autant dire que son arrivée n'était pas passée inaperçue. Du moins, pour les autres parce que personnellement, mes yeux s'étaient à nouveau rivés à ce qui ressemblait à une forteresse. Je n'entendis guère ce qui fut expliqué après, si ce n'est que le nouvel arrivant venait de m'assener une légère secousse à l'épaule pour me ramener au moment présent.

— Apparemment, c'est là-bas que ça se passe.

Puis, il s'éloigna pour suivre d'un pas nonchalant ceux qui s'étaient mis en route derrière notre guide.

— Merci bien, grommelai-je, un brin vexée d'avoir été apostrophée de la sorte.

Je rajustais la bandoulière de mon sac besace pour ne pas me retrouver à la traîne, comme cela m'arrivait souvent.

Nous franchîmes le portail, constitué de pierres grises et d'une clôture métallique. Le montant gauche était orné de la plaque blanche avec l'emblème des Monuments historiques auquel le château était rattaché.

Au moment de passer à proximité, l'image de deux statuettes claires représentant chacune un oiseau aux ailes déployées s'imposa à mon esprit.

À ceci près qu'il n'y en avait pas.

Vraiment bizarre… songeais-je un peu étonnée d'avoir des hallucinations.

Je me grattais un instant la nuque avec perplexité. J'eus beau me retourner après avoir avancé sous l'ombre des arbres environnants, mais il n'y avait toujours pas de statues ailées au montant du portail.

Le petit groupe constitué par notre guide, accompagné du nouveau venu, se tenait devant le château où une femme nous attendait déjà. La soixantaine bien passée, sa longue chevelure poivre et sel se mêlait à quelques mèches châtaines. Elle portait un tee-shirt sur une ample jupe aux motifs fleuris élaborés, avec une chemise ouverte claire aux manches retroussées. J'aimais d'emblée la spontanéité de son sourire alors qu'elle nous souhaitait la bienvenue. Puis, elle nous invita à la suivre, non sans omettre de préciser avec malice :

— Sachez qu'il existe un second château du même nom, situé dans le Languedoc, en Haute-Garonne. Mais les deux ne se ressemblent pas, malgré leur datation commune, et pour cause : l'autre est tombé en ruines. Les murs encore debout sont envahis par la végétation. Pour en revenir au nôtre, notez qu'il fait partie des quatre sites du Limousin représentés dans le parc *La France Miniature*, dans les Yvelines.

Ce parc englobant cent sept monuments de France à l'échelle 1/30ème où j'étais allée avec ma sœur et mes deux nièces, il y a quelques années.

Le déclic : c'est là-bas que j'avais vu ce château !

2

Marthe ouvrit donc la marche d'un pas allègre pour nous faire contourner l'édifice imposant jusqu'à l'entrée. Rien que la tour sud-ouest, surmontée d'un haut-donjon carré couronné de mâchicoulis, était stupéfiante.

La herse massive avait été relevée et une épaisse porte à double battant nous donnait accès la cour intérieure dotée d'un puits. Les murailles paraissaient encore plus impressionnantes à cause de la proximité de deux tours volumineuses de part et d'autre du chemin entourant la forteresse. Au pied du mur, quelques bosquets d'hortensia apportaient une touche de vie à ces pierres inertes.

Avant de partir, j'ai eu un accès à des plans du château et, si ma mémoire n'était pas trop ramollie, nous étions entrés par la tour nord-est à gauche, non loin de celle de la chapelle, à droite de la porte.

En passant cet accès improbable issu d'un temps difficilement concevable à nos yeux, je me disais que les murs devaient faire un peu plus de trois mètres d'épaisseur.

Une fois dans l'enceinte du château, à l'instar des autres visiteurs, je laissais mon regard errer dans une vue panoramique. Si les lieux n'étaient pas très grands et que l'on pouvait s'y sentir à l'étroit, il fallait quand même se resituer dans un château fort du Moyen-âge et non dans la cité démentielle de Minas Tirith, dans le Gondor imaginaire de ce cher Tolkien.

Marthe attira notre attention en nous intéressant à l'histoire initiale des lieux. À savoir que le site avait été occupé bien avant le XIe siècle, comme en témoignait la haute motte castrale près de laquelle nous étions passés en arrivant, pareille à une fortification primitive du lieu. Quant au château à proprement parler, son édification débuta en 1180 par Aymeric Brun. Incendié et ruiné en 1385, il a été rebâti au XVe tel que nous le connaissons maintenant par Pierre

Montbrun, évêque de Limoges, et dont la famille seigneuriale du comte de Montbrun fut la principale descendante. De la construction d'origine, il ne restait plus que le haut-donjon quadrangulaire surnommé « Grand Jacques. »

Avant de nous faire entrer dans le hall, Marthe tenait à nous rappeler le caractère particulier de ce château qui, loin de faire partie du patrimoine public français, était devenu une propriété privée ayant changé de possesseurs au fils du temps. La rénovation avait été commandée par M. Maarten Joost Lamers, originaire des Pays-Bas et de descendance celte. Les premiers occupants des lieux, quelque deux mille ans auparavant. Le chantier de remise en état fut colossal et avait duré neuf ans. Sauf qu'à l'heure actuelle, le domaine était à vendre, encore ouvert au public, en attendant l'arrivée d'un nouveau propriétaire.

Cette place forte avait été complètement modernisée, lui conférant son caractère médiéval tout en bénéficiant de toutes les dernières technologies et de standards très confortables. Ce qui constituait déjà une gageure compte tenu du strict respect des critères imposés par les instances des Monuments historiques. Outre l'eau courante, le téléphone et l'électricité, les lieux étaient dotés du chauffage par le sol, un réseau informatique et même le WiFi.

Dès cet instant, Marthe n'aurait rien eu à envier à un agent immobilier quand elle énonça les différentes pièces que comptait le domaine à vivre ; la cuisine où l'on pouvait préparer de véritables banquets pour une centaine d'invités, des chambres avec leur propre salle de bain, une chapelle privative, un salon de musique ouvert à des représentations dans l'année, la suite principale, deux salles dînatoires, une vaste bibliothèque et je crois avoir été plus ou moins larguée à l'évocation d'une salle de billard qui mit des étoiles dans les yeux de l'énigmatique motard. Marthe avait mentionné aussi la présence de deux ascenseurs et d'un jacuzzi. La classe ! Une façon comme une autre de s'offrir, dans tous les sens du terme, la vie de château. À condition d'avoir une petite vingtaine de millions d'euros de côté.

Nous commençâmes la visite par le salon, doté d'un piano qui me parut tout à fait extraordinaire. D'ailleurs, d'après notre accompagnateur, l'instrument aurait appartenu à Brahms. Rien que ça. Aux murs, les losanges dorés et argentés avaient eux aussi leur histoire, puisqu'il aura fallu pas moins de six mois de travail à une artisane finlandaise pour les restaurer, y compris dans la salle à manger attenante. Une vaste pièce en longueur où chaque chaise possédait le blason de toutes les familles propriétaires du château depuis le XIIe siècle à nos jours. L'esprit moyenâgeux restait très prégnant, avec tapisseries aux murs, des meubles vintage, et des armures en guise de vigiles des temps anciens pour compléter le tableau.

Les autres pièces étaient tout aussi saisissantes de ce respect historique que la rénovation avait tenté de restituer au mieux. Y compris dans une salle aux cloisons de pierres mises à nu où trônait une table massive en un assemblage de différentes nuances de marbre, entourée de chaises matelassées de motifs d'un bleu soutenu, et… ronde. Une longue épée y avait été disposée, la pointe tournée vers le centre.

— Tiens, m'étonnai-je, on dirait que la légende arthurienne a fait une halte ici.

— On pourrait dire ça, s'amusa Marthe en me rejoignant. Mais l'un des faits historiques les plus marquants à Montbrun est que Pierre Brun, le premier constructeur du château dirigeait avec le chevalier Pierre Basile la garnison de Châlus. C'est durant le siège de Châlus-Chabrol que Richard Cœur de Lion trouva la mort, après avoir été blessé d'un carreau d'arbalète. Même si l'Histoire officielle a gardé la date du 6 avril 1199 et que Richard serait décédé à Châlus-Chabrol, il aurait péri ici, à Montbrun.

— Trouvé la mort, trouvé la mort… C'est vite dit, énonçai-je. Qui nous prouve que quiconque ayant « trouvé la mort » la cherchait au départ ?

Certains visiteurs restèrent confus, contrairement à Marthe et le motard qui échangèrent un coup d'œil amusé. Ils devaient s'imaginer aussi ce roi fouillant partout autour de lui en disant « Ouhou, la mort, où es-tu ? » Dommage que notre guide, impitoyable, mit fin à ce petit jeu espiègle.

— Généralement, quand on part à la guerre, il faut s'attendre à risquer de mourir.

Haussant les épaules, je décidais de continuer la visite.

À cette occasion, j'appris que le motard que je croyais scénariste pour la série *Sons of Anarchy* était en réalité un romancier qui avait déjà une quinzaine de titres à son actif. Son nom ? Nathaniel Leloup. Un patronyme qui aurait été très vendeur sur la couverture d'un thriller, tant il inspirait une certaine crainte à lui seul. Il était en pleine phase de recherches pour un nouveau bouquin à connotation historique autour de la Révolution. Il souhaitait avoir accès à la bibliothèque qui renfermait quatre mille ouvrages et, espérait-il, les ultimes vestiges des archives du château. Un vœu qui serait peut-être exaucé après les heures de visites de la journée.

Alors que nous arpentions l'une des salles à manger, avec une table et huit chaises massives, et que nous contemplions la tapisserie qui occupait presque tout le mur, juste au-dessus d'un sous bassement en bois ouvragé ; un voile passa devant mes yeux et je dus m'arrêter un instant pour m'assurer de ce que j'avais vu. Ou ce que j'avais cru discerner, car, durant ce bref flottement, l'agencement des lieux m'était apparu assez différent de ce qui avait été fait lors des travaux. Cela n'avait rien à voir avec une quelconque fantaisie d'améliorer la décoration, mais plus comme si un lointain souvenir venait de refaire surface.

Beaucoup louèrent l'ampleur de la tâche qui avait été accomplie afin d'obtenir un résultat pareil sans dénaturer le caractère originel d'un château du XVe siècle. Sauf que moi, j'avais l'impression de savoir comment c'était en réalité, à cette époque.

Un trouble étrange qui se poursuivit aussi une fois que nous fûmes arrivés dans la cuisine. Faute de documents d'archives pour aider à la restauration, une tout autre installation avait été élaborée, à partir d'éléments rustiques propres à la région limousine et qui sonneraient le plus cachère avec un château pareil. S'il fallait admettre que le résultat était convaincant, il n'en était pas moins éloigné de la réalité historique qui apparaissait devant mes yeux, en surimpression quasi systémique.

Dans l'une des nombreuses chambres, j'étais en pleine fascination pour la manière astucieuse dont une douche carrelée et un lavabo avaient été dissimulés dans des armoires boisées dont le style s'accordait à merveille avec l'ambiance médiévale du lit à baldaquin avec un motif raffiné aux tentures et sur une épaisse courtepointe. En face, il y avait une table avec un échiquier et une paire de chaises. Tentante invitation à engager une partie durant les soirées d'hiver.

Moi qui n'avais jamais joué aux échecs, je contemplais ce jeu avec la très nette impression d'en connaître les spécificités dans les moindres détails. Même la sensation des pièces au bout de mes doigts m'était familière. Sur ce constat quelque peu perturbant, je relevais les yeux sur le mobilier pour me rendre compte que, à l'instar d'autres salles du château, tout n'était pas fidèle à mon souvenir.

D'où me venait une telle certitude ? Ça n'avait aucun sens !

Tout comme je savais qui avait été l'un des occupants de cette chambre. Non seulement j'étais sûre de connaître son nom, mais aussi de l'avoir vu en ces lieux.

Vraiment n'importe quoi ! m'emportai-je en quittant la pièce.

Toutefois, le coup de grâce me fut asséné alors que nous étions dans la tour nord-est. J'avais eu la surprise de ma vie en constatant que nous venions d'aboutir dans ce qui ne pouvait être qu'une réplique d'un cabinet d'apothicaire. Même Nathaniel en resta bouche bée face à cette réplique assez fidèle d'une pièce qui aurait pu être occupée par un herboriste. L'ancêtre médiéval de la médecine, en somme. Devant notre surprise clairement affichée, Marthe eut un petit rire, comme à chaque fois que les visiteurs arrivaient à cet endroit, dont il n'existait aucune photo sur Internet.

— Soyez les bienvenus dans ce qui pourrait être considéré comme le domaine thérapeutique du château. Il y avait du personnel soignant, en l'absence de cabinet médical dans les environs, à cette époque. Ils étaient généralement deux : un maître et son apprenti à officier ici.

Deux des murs étaient occupés par des étagères en bois ressemblant à du noyer, encombrées d'une multitude de jarres en verre, toutes emplies d'herbes et autres plantes séchées dont les étiquettes arboraient différents noms latins qui ne manquèrent pas de me donner le tournis. Des vitrines abritaient des préparations que je reconnus comme étant des onguents, mixtures oléagineuses, ainsi que des décoctions. Deux énormes commodes avec une planquée de petits tiroirs attirèrent tous les regards, tant il était rare de voir d'aussi beaux meubles d'apothicaire. Sans parler de tout un étalage d'outils, de récipients et d'appareils de mesure très précis dont, je ne m'expliquais pas comment ni pourquoi, ils me parurent familiers. Au plafond, des bouquets de plantes avaient été suspendus, sans doute pour y être séchés. L'air embaumait de multiples fragrances végétales, mêlées aux effluves du bois ciré. Ce n'était pas déplaisant.

Mon cœur, au comble du ravissement, résonna en écho avec ma joie de découvrir une pièce aussi merveilleuse au sein du château.

Je me sentirais presque comme un poisson dans l'eau

La curiosité dévorait Nathaniel dont les yeux pétillaient d'un enthousiasme non feint.

— Comment se fait-il qu'il y ait une officine d'herboriste ici ? demandais-je.

— En fait, avoua Marthe, on ne sait pas trop comment on en est arrivé là, au moment de lancer la rénovation. Cela a juste semblé d'une telle évidence que ça coulait de source. D'autant plus que le château comporte un jardin médicinal que nous avons voulu le plus fidèle possible à ce qui aurait pu exister à l'époque. Il faut croire que nos équipes ont fait du bon boulot parce que même des scientifiques et des élèves de pharmacologie viennent effectuer des recherches ici et dans le jardin.

— Mais ça a dû être coton de vous procurer des documents fiables sur l'herboristerie médiévale, non ?

— Oh que si ! Il a fallu ratisser large, si je puis me permettre l'expression, dans les ressources bibliothécaires de la région entière, voire même de tout le pays. Trier le bon grain de l'ivraie n'a pas été une mince affaire, y compris pour réunir les ouvrages les plus pertinents sur le sujet et autant dire qu'ils ne sont pas nombreux.

À ces mots, je regardais l'une des étagères couvertes de livres.

— Comment se fait-il que ceux-là ne soient pas dans la bibliothèque, avec tous les autres ?

— Parce qu'ils seraient plus utiles en restant à portée de main ?

tenta Nathaniel et il fallait admettre que son idée se tenait.

Cependant, cette salle comportait toutes sortes de publications, y compris des traités d'herboristerie comme ceux signés par Marie-Antoinette Mulot, des essais concernant l'herbalisme, et des dictionnaires comme le *Larousse des plantes médicinales*. Chose étrange, il y avait aussi des titres abordant ouvertement des utilisations magiques et sorcières, que ce soit en anglais et en français. J'admirais de beaux livres illustrés, dont *L'Herbier toxique* qui me parut incongru en cet endroit lié à la guérison.

Laissant Marthe et Nathaniel à leur conversation, je m'approchais de l'une des consoles où trônait un mortier accompagné d'un pilon en bronze, une magnifique balance en cuivre, avec un coffret en bois contenant toute une série très complète de poids, allant du plus petit au plus massif.

Tandis que j'examinais les lieux avec un malin plaisir, Marthe s'évertuait à faire participer notre groupe avec un quizz concernant quelques plantes thérapeutiques de base.

— Okay, tout le monde, si je vous demande laquelle fait merveille contre les brûlures bénignes ?

— L'aloe vera ? lança une visiteuse d'environ vingt ans. J'en avais mis sous forme de gel contre les coups de soleil.

— Pas mal, et pour quel résultat ?

— Ça ne diminue pas la douleur, mais la peau a bien cicatrisé.

— Exactement son champ d'action. Ensuite… Disons, contre les maux de tête ?

— Saudre, répondis-je machinalement, ou *salix alba*.

— Dommage, il s'agissait de la menthe. Mais c'était bien tenté.

Devant mon étonnement face à sa réaction, Marthe réfléchit un bref instant.

— Vous voulez faire un nouvel essai ?

J'acquiesçai.

— Connaissez-vous la plante qui fait merveille contre la goutte ?

— La goutte au nez ou ailleurs ? s'amusa un plaisantin.

Certains ricanèrent, sauf que le regard réprobateur de notre guide eut tôt fait de leur clouer le bec. Jamais je n'avais eu autant l'impression de participer à un jeu télé, du style *Qui veut gagner des bourgeons ?* À ceci près que je n'y connaissais rien en la matière. Pourtant, des mots m'échappèrent, presque malgré moi.

— Chenarde ou *colchicum automnale*.

— Mais d'où sortez-vous ces noms ? demanda Marthe. Ce n'est pas du tout ça.

— Je n'en sais rien, avouai-je de but en blanc. Ça m'est venu tout seul, mais je suis sûre d'avoir vu juste.

Puis, laissant les autres à leur état de stupéfaction, je tournai les talons pour emprunter la porte menant au jardin. De là où je me tenais, il y avait une multitude de plantes que je brûlais d'envie de voir de plus près.

3

Notre escapade dans le jardin médicinal avait été trop brève à mon goût. Nous rentrâmes dans le château où, comme je pouvais m'y attendre, il fut très difficile d'extirper le romancier de la salle de billard. Seule la promesse de visiter la bibliothèque parvint à le convaincre de nous suivre.

Décidément, ce mec est vraiment étrange, mais assez marrant.

L'espace d'un instant, je ne m'étais pas imaginé qu'un écrivain puisse être aussi simple, sans prétention d'aucune sorte, et animé d'une telle curiosité d'esprit.

En arrivant à la bibliothèque, nous connûmes un nouvel instant *décroche-mâchoire* tant la pièce était magnifique ! À tomber raide.

Des étagères chargées d'ouvrages occupaient les murs où nous venions d'entrer, sur deux paliers avec des ogives au niveau supérieur, rendu accessible par un escalier. En plus du lustre suspendu au plafond, plusieurs éclairages parsemaient les meubles. Cela en contrebalançait un peu l'aspect sombre, peut-être la même essence que celle utilisée pour l'herboristerie voisine.

Une vaste table avec de lourdes chaises en bois aux assises de cuir, des fauteuils tendus de velours et les tapis donnaient un aspect plus confortable à la pièce. De l'autre côté, assez loin des livres, une cheminée réchauffait les lieux. Dès lors, je décidais que ce serait mon endroit préféré pour me blottir près de l'âtre, à siroter du thé, plongée dans une bonne lecture aux consonances médiévales. Tiens, pourquoi pas un des bouquins de Nathaniel. Ça pourrait être agréable.

D'ailleurs, nous fûmes rejoints par un homme d'aspect élancé d'une soixantaine d'années qui nous fut présenté comme monsieur Lamers, le propriétaire. Après nous avoir salués et fait une bise à Marthe, il s'était avancé vers l'écrivain, tout sourire, les bras chargés de trois de ses romans en grand format. Alors que Nathaniel s'attablait afin de les dédicacer, je m'approchais discrètement. Curieuse, je déchiffrai les titres en couverture. Sans doute les premiers opus de la série dont j'avais entendu parler. Peut-être l'occasion pour lui de demander à squatter pour ses recherches.

En cheminant le long des murailles, nous revînmes à la Taverne en compagnie de Maarten Lamers qui souhaitait rester en la compagnie d'un romancier populaire qui s'intéressait à l'histoire inhérente de son château. Une bonne surprise puisque cet homme était intarissable d'anecdotes captivantes sur les travaux de rénovation et sur l'importance de respecter au mieux l'époque, malgré les faits tumultueux qui s'y étaient produits au cours des siècles.

S'il existait d'autres sites que le château de Montbrun où il ne fallait pas se fier aux apparences, il en serait de même pour la Taverne, juste en face. Notre surprise fut totale en apprenant qu'elle faisait partie du domaine et qu'elle était, par conséquent, la propriété de monsieur Lamers. Celui-ci nous invita à entrer, puisque le ciel était trop nuageux pour profiter de la terrasse.

Il commençait à faire faim et je me retrouvais attablée en compagnie de Marthe, son patron et Nathaniel, alors que le restant du groupe s'était réparti à d'autres tables, en fonction des affinités. Les bavardages allaient bon train et instaurèrent une ambiance agréable.

Le menu semblait tellement appétissant que j'eus du mal à fixer mon choix. Face à mon hésitation, Marthe suggéra de commander tous les plats pour que chacun puisse les goûter. Une façon de trancher l'épineuse question, quand tout paraissait délicieux. J'avais opté pour une salade de fromage de chèvre rôti au miel sur pain toasté.

En attendant d'être servis, mes voisins de table avaient cédé à l'envie d'une pinte de bière tandis que je préférais un cidre doux, l'un de mes péchés mignons.

Monsieur Lamers s'entretint avec Nathaniel du but de ses recherches. Celui-ci réfléchit à la façon de formuler cela au mieux.

— Comme vous l'avez vu avec mes deux derniers romans, j'ai commencé une série d'enquêtes menées par un journaliste à l'aube de la Révolution. Or, l'ensemble de la saga gravite dans cette période ô combien troublée et assez méconnue du grand public. L'occasion aussi d'évoquer des faits de société actuels, mais en les transposant au passé, dans un tout autre contexte temporel et sociologique.

— Un peu comme si nous n'étions pas encore parvenus à nous défaire de certains schémas historiques ? m'interrogeai-je.

— C'est tout à fait ça. Ce n'est pas pour rien si l'on dit que l'Histoire n'est qu'un éternel recommencement. Et je m'intéresse donc aux mystères issus de la Révolution et cela m'a conduit ici.

— Mais pourquoi ce château, en particulier ? demanda Lamers. Datant du XVe siècle, on ne peut nier que l'édifice soit chargé d'Histoire, mais je ne vois pas trop en quoi cela vous intéresserait pour vos romans. Il n'y a pas tant de mystères que ça, ici.

— En fait si, intervint Nathaniel avec une certaine exaltation. Cela concerne à la fois quelque chose qui serait survenu un peu avant la Révolution, mais aussi à la prise du château, en 1793. Une piste si ténue que j'ai eu la main heureuse au détour des recherches que j'avais déjà menées pour les deux autres tomes.

Cette fois, il avait réussi à titiller notre curiosité. Il fallait reconnaître que Nathaniel savait captiver les foules en tant qu'orateur. Ce qui me donnait encore plus envie de m'intéresser à ses bouquins, pour peu qu'il me les dédicace aussi.

— À vrai dire, reprit-il, j'ai sacrément galéré pour débusquer tout ça, faute d'une documentation plus détaillée, mais ça concerne le dernier seigneur de Montbrun. D'après ce que j'ai pu découvrir, des troubles sont survenus sur ses terres alors que les premiers signes de la Révolution s'annonçaient déjà. Il n'a réchappé à la guillotine que de justesse, mais ça ne l'a pas empêché de succomber suite à son arrestation par les représentants du peuple, pendant le trajet jusqu'à Paris. Du moins, c'est ce que l'histoire officielle en a retenu, même si je suppose que sa fin a été tout autre. À se demander pourquoi, d'ailleurs…

— Il serait mort de quoi, alors ? voulut savoir Marthe, friande de ce genre d'intrigues palpitantes.

Nathaniel haussa les épaules, preuve qu'il n'en savait rien.

— C'est bien pour le découvrir que je suis là. Et surtout, pour lever le voile sur son fils disparu.

— Son fils disparu ? s'étrangla monsieur Lamers. D'après ce que j'ai cru comprendre, c'est que le dernier comte de Montbrun n'avait pas d'héritier.

— Les rares registres que j'ai pu trouver abondent aussi dans ce sens, mais quelque chose me dit qu'il y a anguille sous roche. Alexis de Montbrun était sans doute l'un des ultimes descendants de sa lignée, mais il a bel et bien eu un rejeton.

Cette affirmation ne manqua pas de m'étonner. Déjà qu'avoir un enfant caché me paraissait quasi infaisable de nos jours, et cela me semblait assez improbable au XVIIIe siècle.

— Comment est-ce possible ?

— Je me suis aussi posé la question, avoua Nathaniel après avoir bu une autre gorgée de sa bière. Tout ce que j'ai pu trouver est un nom au registre des baptêmes et qui pourrait correspondre. À l'époque, la mortalité infantile était de 50%. Il n'était donc pas rare qu'un enfant soit baptisé soit le jour même de sa naissance, voire le lendemain. Ça ne traînait pas, car on ne savait pas si le môme allait survivre. Et la seule idée qui me soit venue fut que le fils ait été déshérité et rejeté par son paternel. D'où sa disparition des registres. Documents que j'aimerais bien trouver pour étayer mes hypothèses. Je suis sûr qu'il y a un mystère très romanesque qui plane derrière tout ceci.

Nathaniel braqua ses yeux noisette sur Marthe en constatant la gêne manifeste qui venait de la saisir. Il s'en inquiéta.

— Que vous arrive-t-il ?

— C'est que… Au moment de la Révolution, Montbrun a été entièrement saccagé et pillé. Les terres ont été divisées en plusieurs parcelles et vendues comme bien national. Les archives ont été brûlées dans la cour du château ravagé. Il n'en reste plus rien, à présent.

Le romancier et moi étions stupéfaits.

— J'ai bien peur que votre enquête n'aille pas plus loin, monsieur Leloup, ajouta Maarten Lamers d'un ton sans appel.

En quittant la Taverne, je retrouvais Nathaniel étendu sur sa moto. D'une drôle de manière, puisqu'il était sur le dos, les jambes croisées, avec un pied appuyé au garde-boue arrière. Ses bras tenaient un carnet Paperblanks noir contre lui et l'apaisement de ses traits montrait qu'il s'était endormi comme un bienheureux.

Voilà quelqu'un qui n'aura de cesse de me surprendre.

J'examinai le tatouage qui ornait le dos de sa main gauche en m'interrogeant sur sa signification, à moins qu'il n'y en ait aucune, quand sa voix se manifesta.

— Alors, Rose, tu as lâché la meute de touristes ?

— Parce qu'on se tutoie, maintenant ? m'étonnais-je.

— Pourquoi pas ? Tu n'es donc pas partie avec les autres ?

— Non. Vous... Tu as demandé à pouvoir investir la bibliothèque et moi, je peux rester aussi pour faire quelques croquis. Quand le prochain groupe arrivera, il est prévu que je rentre avec eux, même si j'avoue que j'aurais bien aimé prolonger mon séjour ici.

Nathaniel contempla le ciel en glissant une main sous sa nuque.

— Ça peut se comprendre. Écoute, si tu loupes le coche avec le retour en minibus, je pourrais te ramener à Limoges.

— Quoi, sur cet engin ? C'est quel modèle, une Sapetoku ?

Il eut un petit rire de gorge. Mon appellation saugrenue avait l'air de l'amuser.

— Un peu de respect pour ma Harley V-Rod, ma jolie... J'ai déjà fait des escales plus longues que ça en suivant le pèlerinage de Compostelle à moto, avec des potes.

— Sérieux ? Pourquoi ferais-tu ça pour moi ?

— Ben, puisque je reviens aussi à Limoges, ça me ferait mal de te laisser en plan.

— Tu es sûr que ça ne te dérange pas ?

Il opina et il fallait avouer que son invitation était tentante. La possibilité de profiter des lieux encore un peu plus longtemps. Sans compter que je n'étais jamais montée sur un bolide de ce genre auparavant et que l'expérience pourrait être amusante.

— C'est cool, merci pour l'offre.

— No problemo. Si ce n'était que du flan, je n'aurais rien dit du tout. Ne t'inquiète pas pour la sécurité, j'ai remarqué que ma fille aînée avait encore oublié son casque dans une des sacoches. Tu pourras le mettre. Sinon, je ne vais pas tarder à investir la bibliothèque, des fois qu'il y aurait quand même quelque chose à dénicher. Ça serait idiot de manquer cette occasion. Et toi, quels sont tes plans ?

— Là, tout de suite, je vais arpenter les lieux derrière le château. J'ai cru voir quelque chose qui attise ma curiosité.

Sur ces mots, j'adressai un petit signe de la main à Nathaniel avant de diriger mes pas vers le portail en face. Si j'avais conscience de son regard sur moi, je réalisai surtout que ce n'était pas lui qui m'épiait en douce depuis le début de la visite. Au départ, j'avais cru me tromper, mais j'en étais de plus en plus certaine ; quelqu'un suivait mes moindres faits et gestes, tapi dans l'ombre.

Jusqu'ici, impossible de distinguer qui que ce soit, mais l'individu ne devait pas être loin.

Qui pouvait donc s'amuser ainsi à m'observer ?

Et surtout pourquoi ?

4

J'avais sorti de mon sac une paire d'écouteurs reliés à mon *smartphone* pour entendre à nouveau les chansons de Blackmore's Night. Il m'était impossible de vivre bien longtemps sans musique.

Le sentier menant au château se divisait en deux, de part et d'autre, et les deux se rejoignaient avant de marquer une boucle tout autour du monticule mentionné par Marthe et qui aurait précédé la construction initiale au XIIe siècle. Je longeai donc la voie de gauche, le long de l'étang voisin, alimenté par le Dournaujou. Une petite rivière qui serpentait dans les environs. Son ruissellement se faisait entendre par endroits, même si cela devenait plus fort après le monticule, là où j'avais aperçu des ruines durant la visite.

Malgré la grisaille du ciel, la luminosité était encore bonne et me permettait de faire quelques dessins. Bercée par le chant de l'eau et les chansons qui tournaient en boucle, je commençai avec une représentation du château avec un aperçu de l'étang et la frondaison des arbres. Cela atténuait l'aspect massif du lieu.

Cependant, une sensation assez désagréable vint troubler ma sérénité et plomba net l'espoir que j'avais eu d'être enfin seule.

On m'avait suivie.

J'étais toujours sous la surveillance de quelqu'un.

Irritée par cette intrusion dans ma bulle de quiétude, je me dirigeais vers ce qui restait d'un édifice en pierres, perdu au milieu de la forêt. La nature avait repris ses droits depuis des siècles. Il ne subsistait qu'un pan de mur accolé à un muret avec un antique portail métallique fermé. L'ensemble était recouvert par endroits d'un lierre foisonnant, mais aussi d'un élégant rosier grimpant, chargé de magnifiques fleurs d'un rouge alizarine. Une si belle nuance que je regrettai d'avoir oublié ma palette d'aquarelle portative. Qu'à cela ne tienne, je pourrais toujours me contenter d'une esquisse avant d'en faire une version couleur un peu plus tard.

Tout en fredonnant la chanson mélancolique *Spirit of the Sea*, je m'installais en tailleur avant de préparer mon carnet et mes crayons. Le chant de la rivière en contrebas se mêlait aux paroles de façon étrangement belle et d'une certaine nostalgie aussi. L'esprit de nouveau en paix, je dessinais avec ces mots aux lèvres.

I saw a man I'd seen before
As I approached, he slipped away...

I knew his face from years ago
His smile stays with me ever more
His eyes, they guide me through the haze
And give me shelter from the storm...

As I walk I can feel him,
Always watching over me...

Une fois mon esquisse terminée, je me relevais en contemplant le résultat avec un peu de recul. C'était pas mal du tout, mais je me demandais si ce ne serait pas plus intéressant avec un angle différent, où les roses et le lierre seraient au même plan.

Plongée dans mes réflexions, je n'avais pas entendu que quelqu'un s'était approché en silence, jusqu'à se tenir derrière moi. La silhouette me surplombait presque, mais je n'en avais pas conscience à cet instant.

Tandis que j'ôtai mes écouteurs, le son de la rivière se fit plus fort, rendant presque inaudibles les mots qui me parvinrent.

— Vous avez du talent.

Un cri de frayeur m'échappa et dut surprendre aussi l'intrus puisque nous sursautâmes de concert alors que je perdis l'équilibre. Lâchant ce que j'avais dans les mains, j'étais sur le point de partir à la renverse quand l'inconnu m'attrapa à bras-le-corps et m'empêcha de finir à l'eau. Il me garda contre lui le temps de retrouver mes appuis. J'étais horriblement gênée, mais aussi contrariée de m'être laissée surprendre de façon si soudaine. Le feu aux joues, j'inspirai un coup avant de me dégager de celui qui me retenait. Il me lâcha aussitôt.

— Bas les pattes ! Qui que vous soyez, je ne vous remercie pas de la frousse que vous m'avez flanquée.

L'homme derrière moi eut un petit rire amusé.

— Je reconnais avoir été maladroit, mais j'aurais pu vous retourner le compliment en ce qui concerne la peur. Non seulement vous m'avez surpris aussi, mais j'ai surtout craint d'avoir à vous repêcher dans la rivière. Toutefois, fit-il la tête inclinée sur le côté, je n'ai pas l'habitude de trouver ce genre de spécimen dans le Dournaujou.

Bien sûr, il ne s'était pas gêné pour me jauger de la tête aux pieds avec un petit sourire insolent.

On dirait que ça l'amuse, en plus !

Avec mes cheveux d'un blond cendré aux mèches en vrac, ma tunique violine qui tombait presque comme une robe sur mon jean ajusté, il était évident que je ne ressemblais pas à un poisson d'eau douce de la région.

Amora, sainte-patronne de la moutarde, me monta au nez.

Spécimen, spécimen... Je t'en ficherais du spécimen !

— Et moi, je n'ai pas pour habitude de me laisser toucher par le premier venu. Estimez-vous chanceux ; les rares à avoir encouru ce risque ont eu du mal à marcher normalement.

L'inconnu éclata de rire, avec une intonation riche et profonde.

— Je suis désolé de vous avoir fait peur, concéda-t-il après s'être repris. Ce n'était pas dans mes intentions, mais j'étais dévoré de curiosité de voir ce que vous dessiniez.

Sur ces mots, il me tendit mes affaires qu'il avait ramassées, sans savoir que j'en avais profité pour le détailler. Il devait avoir la trentaine. Il portait un polo grenat soulignant son torse, un jean noir et des chaussures de randonnées de même couleur. Sans non plus avoir un instrument de mesure intégré, j'avais estimé sa taille à un mètre quatre-vingt-dix, au garrot. Je n'étais pas petite, avec mon mètre soixante-dix, mais je devais lever la tête pour le regarder dans les yeux. De stupeur, je me figeais en retenant mon souffle.

Mais quel canon !

Cet homme était d'une beauté qui devrait être illégale, sous peine de porter gravement préjudice à une majorité de la gent féminine. Moi incluse. Mon cœur eut un raté face à son sourire. Un de ceux qui avaient le pouvoir de susciter de l'admiration, voire un désir potentiel, en passant par une stupidité plus que probable. Sa carrure démontrait qu'il n'était pas menu, mais il exhalait aussi une certaine élégance innée en dépit de la simplicité de sa tenue. Ses cheveux bruns étaient un peu ébouriffés, et quelques boucles en accentuaient l'épaisseur. Il n'avait pas dû se raser depuis plusieurs jours parce qu'un début de barbe lui voilait le menton, mais ça lui allait bien. Un éclat de malice faisait scintiller ses yeux. Et quel regard ! Je n'avais encore jamais vu une telle nuance d'un gris acier.

Pour résumer, je me trouvais soudain face à l'incarnation ultime de tous mes fantasmes réunis chez l'homme de mes rêves. Ce devait être Noël bien avant l'heure. Pourvu que je ne sois pas en train d'arborer une expression béate d'admiration !

— Vous êtes sûre que ça va ? demanda-t-il.

L'accent de perplexité de sa voix se refléta dans sa façon de me scruter, me faisant reprendre contact avec la réalité. J'espérais simplement qu'il ne s'était pas rendu compte que je le dévisageais sans vergogne. Mon cerveau eut un temps de retard.

— Oui… Je vais bien…

— Tenez, fit-il en me rendant mes affaires, y compris le carnet qu'il avait très envie de feuilleter.

Intimidée, je m'en emparais avec un signe de tête que je voulais reconnaissant, même si cet inconnu était parvenu à me perturber d'un simple regard. Un détail me chiffonnait…

— Excusez-moi, mais est-ce qu'on s'est déjà vus quelque part ?

— Vous étiez avec le groupe des visiteurs de ce matin, non ? Pourtant, ils sont repartis sans vous. Vous aurait-on abandonnée ? L'écrivain est encore là, lui aussi.

— On a été invités à rester plus longtemps. Lui, pour fouiner dans de la documentation et moi, pour dessiner. Et vous, vous êtes ?

— Oh, excusez-moi. Je m'appelle Tom. Je travaille ici.

Il avait tendu la main vers moi et j'hésitais un bref instant avant d'y mettre la mienne. Sa paume était très douce et ma peau frémit délicieusement à son contact.

— Et moi, c'est Rose Dujaux. Vous faites quoi, en fait ? Je ne me souviens pas de vous avoir vu durant la visite.

— Je suis un peu l'homme à tout faire. Électricité, plomberie, menuiserie, jardinage. Je veille surtout au bon état général de tout ce qui pourrait aller de travers dans ce genre de bâtisse.

Je jetais un coup d'œil oblique aux tours crénelées.

— Jolie bicoque, en effet.

— Ça protège bien de la pluie, reconnut-il avec malice. Mais vous, Rose, que faites-vous dans la vie ? Laissez-moi deviner. Vous devez être une artiste-peintre, non ?

— Il y a un peu de ça, mais pas que. Je suis graphiste et photographe indépendante. Mon boulot consiste à répondre aux attentes de mes clients qui passent une commande. Cela m'a donné l'occasion d'étendre l'éventail de mes compétences, même si je travaille le plus souvent dans le domaine de l'édition littéraire. Oh pardon ! ajoutais-je avec un petit rire. Je ne voulais pas avoir l'air d'étaler mon CV. Après tout, je suis en vacances, et non en quête de nouveaux clients.

Tom fit un signe négatif de la tête.

— Vous êtes quelqu'un de passionné et c'est plaisant à entendre. Ça change tellement de ceux qui se plaignent de leur emploi. Au moins, vous aimez ce que vous faites dans la vie. Mais ce doit être compliqué de tout gérer en solo, pas vrai ?

J'approuvais en silence en pensant aux aspects les moins réjouissants de ce travail, surtout administratifs, mais je ne voulais pas en dire plus et Tom semblait l'avoir compris. Il se tenait non loin du muret où abondaient les roses.

Je fus saisie par l'envie soudaine et irraisonnée de faire le portrait de cet homme. Ici, maintenant. Le voir ainsi me fascinait. À tel point qu'il s'aperçut que je venais d'ouvrir mon carnet à une nouvelle page tout en le fixant d'un air résolu. Je devinais la perplexité dans son expression. Il devait se demander à quelle sauce j'allais le manger.

— Il faut que je vous dessine.

— Pardon ? lâcha-t-il, décontenancé.

— Laissez-moi faire votre portrait.

— Sérieux ? Non ! Non, il n'en est pas question. Arrêtez de me regarder et trouvez-vous un vase.

Il devait me prendre pour une folle, mais je ne lui avais pas non plus demandé de poser nu. À cette idée, une image mentale se précisa du jeune homme dans le plus simple appareil. J'eus soudain chaud.

Fichues hormones !

— Allez, soyez sympa... Je n'ai pas esquissé de visages depuis longtemps et ma technique risque d'en pâtir.

Tom se passa la main dans les cheveux en lâchant un soupir las.

— Bon, d'accord, mais vous êtes étrange. La plupart des gens se contenteraient de prendre une photo. Clic-clac, au revoir et merci.

Ravie d'avoir obtenu gain de cause, je me rassis avec les jambes croisées, mon carnet à croquis ouvert sur les genoux. J'entrepris d'affûter la pointe d'un fusain à la lame de mon couteau de poche.

— À ceci près que je ne suis pas la plupart des gens et vous non plus. Vous méritez mieux qu'un instantané volé à la sauvette. Crayonner me permet de garder plus de détails en mémoire. Et puis, allez savoir pourquoi, mais ça me plairait beaucoup de vous... dessiner.

— Pourquoi cette hésitation ? Vous alliez utiliser un autre mot, n'est-ce pas ?

Il m'a grillée, pestais-je.

— En fait, oui. Comme ce ne sera qu'une simple esquisse, j'ai failli dire que j'aurais aimé vous *croquer*, selon le lexique approprié. Dommage que ce terme ait changé de connotation, de nos jours. Alors, je ne tiens plus ce genre de propos pour éviter tout risque de confusion potentiellement embarrassante.

Comme maintenant.

Le rouge m'était monté aux joues. Malheureusement, Tom eut un petit sourire équivoque, même s'il garda le silence. Il avait très bien saisi le sous-entendu qui m'avait échappé malgré moi et l'idée semblait lui plaire. Il n'en était que plus séduisant, le fourbe. Grâce au Ciel, mes réflexes de dessinatrice reprirent le dessus sur ma gêne.

— Ce genre d'expression est belle pour un portrait, mais ce n'est pas facile de garder la pose. Il va falloir tenter autre chose.

— Comme quoi ?

— D'avoir à l'esprit une pensée heureuse. Quelle qu'elle puisse être ; un souvenir agréable, votre dessert préféré, quelqu'un à qui vous tenez, la bestiole que vous aviez enfant… etc.

Le jeune homme eut un rire franc à ces suggestions, mais retrouva un semblant de sérieux, au moins assez longtemps pour que je puisse travailler… en évitant de rougir, si possible. Nous restâmes ainsi, en silence, dans la paix d'un instant hors du temps.

Je contemplais le résultat en affichant un petit sourire satisfait. Ce n'était sans doute pas le meilleur portrait de ma carrière, mais j'aimais bien ce qui s'en dégageait. Dans l'intervalle, mon modèle improvisé voulut voir mon œuvre et je la lui montrais.

Il se tenait derrière moi, la tête penchée par-dessus mon épaule, et il s'en serait fallu d'un rien pour que sa joue effleure la mienne. Son parfum ambré était grisant, racé et subtil à la fois. J'étais un peu mal à l'aise face à une esquisse encore brute, non finalisée. Pourtant, Tom avait l'air sincèrement surpris et admiratif de voir comment j'avais rendu ses traits. Il était vraiment bel homme.

— Et bien… murmura-t-il. C'est magnifique. Je ne parle pas de moi, mais de votre coup de crayon. C'est impressionnant. Vous avez beaucoup de talent.

Si l'on omettait que la proximité de son corps avait tendance à me troubler, j'étais touchée par le compliment.

— Pourtant, ce n'est pas la première fois que je dessine des visages. Ça fait partie du B.A.-BA dans ce métier.

— Sans doute, mais vous avez esquissé celui-ci assez rapidement et cela reste très détaillé. Ça, c'est la marque du vrai talent. Vous allez toujours aussi vite dans l'exécution du portrait d'un inconnu ?

Mon petit sourire s'estompa tandis que je prenais la pleine conscience de ses propos, et ça me faisait mal d'admettre qu'il avait raison. Il m'était déjà arrivé de m'exercer avec des amis et des membres de ma famille. Bref, des proches pour qui chaque visage m'était familier. Pourtant, je n'avais jamais œuvré aussi vite avec quelqu'un que je venais à peine de rencontrer.

— Ça ne tient pas debout, avouai-je sans le dire ouvertement. Vous étiez là, devant moi. Mais maintenant que je regarde ce dessin, c'est comme si quelque chose d'autre avait guidé ma main. Je ne maîtrisais rien.

Sur ces mots, Tom m'observait avec un intérêt accru tandis que je ne m'étais même pas rendu compte que mes doigts effleuraient les traits de son visage sur le papier.

Je venais de plonger dans un état second.

— C'était comme si je vous avais dessiné…

— De mémoire ? compléta-t-il.

En ravalant ma stupéfaction qu'il ait *encore* vue juste, je me tournais pour réaliser que son visage était tout près du mien.

Oui.

Tom avait saisi ma pensée au vol sans que j'aie besoin de l'exprimer à haute voix.

C'était exactement ça : j'avais dessiné de mémoire le portrait d'un homme que je venais de rencontrer. Un inconnu dont le visage m'était familier, et ce jusque dans les moindres détails.

5

— Ah, la mémoire… chuchota Tom tout près de mon oreille d'une voix sourde qui m'électrisa. Si riche et si pauvre à la fois. Capable de nous rappeler à tout jamais nos pires douleurs, mais aussi de nous priver de nos émotions les plus précieuses.

Oubliée la gêne, le magnétisme impétueux qu'il exhalait me gagnait au point que mon cœur s'emballa.

— Tom… Que faites-vous ? soupirais-je.

— J'aimerais bien savoir ce que notre talentueuse artiste croit connaître de la mémoire. Des tours cruels qu'elle peut nous infliger, mais aussi les différentes formes qu'elle peut prendre pour mieux nous détruire. Voyez par vous-même.

Sur ces mots, il me fit pivoter en me tenant par les épaules alors que nous faisions face à l'édifice en ruine. Étrangement, le contact de ses paumes et sa présence dans mon dos me troublaient, mais sans que je cherche à m'en défaire, comme quand il m'avait retenue et que je l'avais obligé à me lâcher. Ce qui aurait pourtant été aussi simple qu'une pichenette. Où était donc passée cette partie de moi, prompte à la réaction anti mecs collants ? À croire qu'elle avait fichu le camp dans une dimension parallèle.

La voix suave de Tom glissa sur ma peau en provoquant un léger frisson.

— L'une des formes de mémoire qui existe est celle qui marque un lieu. Le plus souvent en mal, hélas. Meurtres, folie, suicides, tortures et autres joyeusetés dont seuls les humains sont capables. Dès qu'un évènement tragique survient, cela reste enregistré dans l'environnement proche. Les émotions peuvent être d'une puissance telle qu'elles s'accumulent et imprègnent tout, comme une charge… d'énergie. Il suffirait d'une toute petite chose pour la libérer : un catalyseur. Quand on voit certains lieux aussi anciens que ces murs, nul ne peut savoir réellement de tout ce dont ils ont été les témoins silencieux. Dès fois, je me demande si les murailles du château ne vont pas finir par exploser sous la pression de ces forces emmagasinées au fil des siècles. À l'instar des phénomènes de hantise, une demeure peut devenir une espèce de plaque de résonnance psychique démesurée.

— Vous voulez parler de maison hantée ? fis-je incrédule. Ça n'existe pas ce genre de chose. Le plus souvent, ce sont les gens qui se montent le bourrichon, en cherchant à voir des trucs flippants… tout en les craignant à la fois. Ce ne sont que des hallucinations collectives. Plus il y a de monde, et plus ça dégénère. Je me souviens d'une vidéo tournée par des amateurs de lieux hantés qui crapahutaient dans un asile abandonné, aux États-Unis. Ils avaient une frousse de tous les diables rien qu'en arrivant, mais qu'à cela ne tienne. Tout ça leur semblait trop cool sur le moment. Ça n'a pas duré.

— Que s'est-il passé ? demanda Tom non sans une certaine ironie. Ils ont fini par croiser un méchant fantôme ?

Je haussai les épaules avant de regretter mon geste, puisque les mains de Tom me caressèrent au passage.

— Il a suffi d'un rien, sans doute le délire de l'un deux, pour qu'ils se mettent à détaler en hurlant. Là, ils se la racontaient moins. Tout le monde a cru voir quelque chose, mais sans distinguer réellement quoi que ce soit, tant les versions divergeaient d'une personne à l'autre. À se demander s'ils étaient au même endroit.

Tom laissa échapper un petit rire.

— Bien sûr, il y a énormément de psychologie qui entre en jeu. D'ailleurs, quand on y réfléchit bien, c'est toujours au moment où il y a quelqu'un qu'il se passe quelque chose d'anormal. Ce qui n'arriverait jamais si les lieux restaient déserts. Il n'empêche que des gens s'imaginent que leur maison est hantée au moindre son étrange.

— Là encore, ça ne prouve rien. Heureusement qu'il y en a pour démystifier les phénomènes dits surnaturels en les expliquant scientifiquement. Toutes ces choses bizarres qui pouvaient sembler flippants : les bruits de pas qu'on entend alors qu'on est seul, l'impression qu'il y a quelqu'un et d'être surveillé. Parfois, ça vient de jeux d'ombres, de la boiserie des charpentes qui change, se distend ou se rétracte sous l'effet de la température, mais aussi d'une présence animale, d'un écoulement anormal dans les tuyaux, ou encore de réactions chimiques en tous genres… Et la liste est longue.

— C'est vrai, mais des gens préfèrent croire au surnaturel.

— Grand bien leur fasse, si vous voulez mon avis.

Tom laissa ses mains descendre le long de mes bras. Il sentit mon corps frémir et sembla apprécier ma réaction.

— Curieux, je ne vous aurais pas imaginée cynique.

— Pas tant que ça. Regardez ces pierres qui sont là depuis si longtemps. On pourrait supposer qu'elles ont été témoins d'évènements heureux. J'aimerais qu'elles nous en racontent quelques-uns…

— Mis à part de l'écho… Il ne va pas falloir en espérer beaucoup plus, je le crains.

Amusé par son trait d'esprit, Tom entreprit de me faire découvrir le sous-bois environnant. Il guida nos pas jusqu'à une autre ruine dans laquelle un arbre avait pris racine. C'était si ahurissant que je m'arrêtai net et Tom manqua de peu de me rentrer dedans. En reculant pour mieux voir les branchages entremêlés, je m'étais adossée sans y prêter attention contre le jeune homme, avec la nuque au creux de son épaule. Il referma ses bras autour de ma taille avec douceur. Nous contemplions cet arbre impressionnant avant que je ne finisse par m'en approcher en me dégageant -à regret- de Tom. Curieusement, je n'arrivais plus à me rappeler de quelle essence il s'agissait.

— C'est extraordinaire ! m'émerveillai-je. Ces constructions datent sûrement de plusieurs siècles, mais on dirait que cet arbre n'a rien à leur envier en termes de longévité. C'est aussi grâce à eux qu'on a l'impression que Montbrun est vraiment hors du temps.

— Ma mère m'en a souvent parlé. D'après la légende, certains spécimens du parc ont près de six cents ans. C'est peut-être le cas pour celui-ci. Des spectateurs encore vivants de l'Histoire. En tout cas, pour ma part, je l'ai toujours connu.

J'avais déjà entendu ça, mais à quel moment ? Il me fallut gamberger quelques secondes avant de me rappeler.

— Marthe ! Elle a évoqué le sujet quand on est arrivé, tout à l'heure. Elle disait même qu'ils auraient beaucoup à nous raconter, s'ils savaient parler. Mais alors… Marthe est votre mère ?

— Travailler de génération en génération au sein du château est une tradition familiale. En tout cas, des études très sérieuses ont démontré ce que les anciens et autres sages proches de la nature ont toujours su.

— Autrement dit ? demandai-je en craignant d'entendre la suite.

— Que les arbres ont aussi une mémoire.

Contre toute attente, je fus aveuglée par un rayon de soleil qui, fugace, avait percé la couche nuageuse. Lâchant un soupir agacé, Tom se décala en m'incitant à le suivre afin de rejoindre l'ombre protectrice des arbres avoisinants. La luminosité n'était pas passée loin, mais le jeune homme ne s'apaisa qu'après qu'elle eut disparu. Je le vis lever son magnifique visage vers les cieux, inquiet qu'il puisse y avoir d'autres interruptions du même genre.

— Vous ne semblez pas à l'aise en plein jour, notais-je en remarquant son trouble.

— N'allez pas croire, mais je crains davantage la lumière directe du soleil. Je n'ai aucun souci à me déplacer en journée, mais à condition que ce soit à l'ombre.

— Comment ça ?

Il eut une moue embarrassée et se tut un bref instant avant de se décider à se lancer.

— C'est assez gênant à avouer, mais je suis atteint de porphyrie. Une maladie héréditaire dont l'un des symptômes est une photo-sensibilité très élevée. Si je me retrouve au soleil, ma peau donne l'impression de brûler et c'est assez douloureux, en plus. Voilà pourquoi j'évite de m'exposer à ses rayons. Dire qu'il y a des gens qui appellent ça la *maladie du vampire*, ajouta-t-il avec un rire acerbe.

— La porphyrie ? J'ignorais que ça pouvait exister. En tout cas, ça doit bien vous compliquer la vie, surtout lors des périodes de canicule. Là, le soleil tape dur.

Le jeune homme baissa les yeux, quelque peu confus de m'avoir révélé une faiblesse. Tandis que j'admirais l'ample ramure verdoyante bercée par la brise, il me saisit soudain par les hanches et me cloua au tronc de l'arbre séculaire. Je hoquetais à la rugosité de l'écorce dans mon dos alors que Tom s'était plaqué contre moi. La pression de son torse musclé sur ma poitrine me coupa le souffle. Il posa une main ferme sur ma gorge et laissa son pouce glisser à la base du cou, là où je sentis mon sang palpiter en écho. La fragrance ambrée et racée de son parfum me gagna, à la fois délicate et grisante. Si le charisme de Tom ne m'avait pas échappé quand je l'avais vu pour la première fois, celui-ci me percuta de plein fouet. Puissant, charnel et magnétique. Une force émanant de lui se mêla à la mienne, tels deux pôles aimantés qui s'attiraient l'un l'autre, cherchant à tout prix l'union, non la réunion. L'instant où les deux ne feraient plus qu'un. À nouveau.

Tom me dévisageait avec intensité, à croire qu'il avait ressenti la même chose que moi, tandis qu'il se penchait jusqu'à ce que ses lèvres effleurent les miennes en un frôlement soyeux. Il soupira et raffermit son emprise en m'embrassant avec une ferveur qui électrisa mes sens. Les battements de mon cœur s'accélérèrent et je m'abandonnais en fermant les yeux. Le contact délicat de sa bouche s'attardait sur mes lèvres, en les goûtant et les caressant, mais sans que Tom cherche à aller plus loin. Il ne força pas l'intrusion de sa langue, comme s'il était en terrain conquis. Jamais un homme ne m'avait autant troublée avec un baiser aussi doux, au goût suave et relevé du désir. Quand il se recula, ses yeux gris étaient brumeux alors qu'il m'avait mise dans un état second, respirant à peine. J'aurais glissé à terre si Tom n'avait pas placé sa jambe entre les miennes.

— Pourquoi ne m'avez-vous pas arrêté ?
— Hein ?

La soudaineté et l'exaltation de son baiser avaient grillé *illico* le peu de neurones qui me restaient en état de marche.

— Il suffisait de dire non. Vous auriez pu me gifler. Vous n'êtes pas du genre fille facile. Vous pouvez vous défendre et n'avez pas besoin d'un quelconque prince pour vous protéger, même si nous avons la visite d'un chevalier. Or, vous m'avez laissé faire et je tiens à savoir pourquoi.

Tom enfouit son visage dans mes cheveux et ses lèvres glissèrent le long de mon cou.

— Pourquoi ne me repoussez-vous pas ? Dites-le-moi, Rose.
— Parce que… je…
Parce que je ne peux pas. Je ne veux pas.
Parce qu'il me faisait de l'effet et il le savait très bien, le salaud.
Le jeune homme me regarda avec malice, percevant le trouble qu'il avait provoqué en toute connaissance de cause.
— Les pierres séculaires et les arbres aux branches noueuses ont une mémoire… mais il n'y a pas qu'eux. Chaque être humain est porteur de plusieurs strates mémorielles. Le saviez-vous ? Toutes les expériences vécues au cours d'une vie demeurent gravées au plus profond de l'organisme. Guidés par les sens, la chair et le cœur se rappellent ce que la tête oublie. Vous souvenez-vous des premiers mots que vous m'avez dit, tout à l'heure ?
— Euh… Bas les pattes ?
Tom arqua un sourcil, surpris.
— Au temps pour moi, gloussa-t-il. C'était après vous avoir évité de prendre un bain quand vous avez failli tomber. Vous m'avez regardé avec curiosité.
— Et je vous ai demandé si l'on ne s'était pas déjà vu.
Il opina, ravi que j'aie suivi sa pensée.
— C'est ça. Suite à quoi, vous avez esquissé mon portrait de mémoire. Vous avez sans doute vécu des choses du même genre avant. Les impressions de déjà-vu en arrivant quelque part où vous n'étiez jamais allée. En rencontrant quelqu'un pour la première fois, mais qui ne vous est pas inconnu. Éprouver de l'attirance ou de la révulsion quand on vous touche. Oui, Rose, quelque chose en vous se souvient, même si vous ne le comprenez pas de façon rationnelle.
J'étais totalement incrédule, pourtant j'avais la certitude qu'il ne mentait pas. Ce qui ne m'empêchait pas d'être tétanisée alors qu'une conviction m'avait heurtée de plein fouet, mais restait encore hors de portée. Je tremblais.
Tom releva mon visage vers lui, peiné face à mon trouble. Tout en glissant une main dans mes cheveux, j'entendis à peine son chuchotement grave à mon oreille. On aurait dit du latin. Son intonation me laissa interdite. Quasi désarmée devant une telle force

d'âme... qui ne m'était pas inconnue. Mais d'où pouvait donc me venir la certitude que je connaissais déjà Tom ? Et ce depuis très longtemps. À croire que j'étais sienne depuis des temps immémoriaux. Mon esprit, confus, avait cédé face à un désarroi qui me submergea.

— Qui êtes-vous, Tom ? soufflai-je, soudain alarmée. D'où me vient l'impression de vous connaître ? Votre voix, votre présence... Mais c'est impossible.

Tom posa la main sur ma joue et je m'en emparai pour y enfouir davantage mon visage en savourant la délicatesse de sa peau et son parfum ambré. Mon geste parut l'étonner, mais il se radoucit.

— Il reste une strate mémorielle que nous n'avons pas évoquée.

Il se mordit la lèvre inférieure et une goutte de sang y perla. Il voulut m'embrasser, mais je tentais de l'esquiver.

— Non !

Une ombre s'abattit sur son regard qui prit la nuance du fer à l'état brut. Tom m'agrippa par l'épaule et me souleva le menton d'un geste vif. Il plaqua sa bouche sur la mienne avec vigueur. Contrairement à la première fois, il n'y avait aucune douceur dans cette étreinte, y compris quand sa langue, avide et conquérante, força le passage entre mes lèvres. Il avait fait de moi sa prisonnière consentante, captive sous la pression de son corps contre le mien. Et surtout par ce baiser, aussi insatiable que féroce et invasif, me privant de toute échappatoire. Le pire dans tout ça ? J'adorais ce baiser de voyou, sauvage et ardent.

À croire que son étreinte avait un effet psychotrope parce qu'un exquis vertige s'empara de moi, me faisant perdre tous mes repères. Il m'embrassait sans me laisser le moindre espoir de survie. J'étais en train de perdre pied, avec l'impression que j'allais mourir dans ses bras. Cet homme pourrait-il me tuer ainsi ? Bien qu'alarmante, cette idée me plaisait. Après tout, il y a de pires façons de périr.

Au-delà du plaisir, la tension se rompit en moi et je sentis presque mon esprit voler en éclats. L'obscurité s'abattit soudain.

La voix de Tom ne fut plus qu'un murmure affligé.

— Pardonne-moi, Rose, mais il n'y avait pas d'autre moyen.

Rencontre

L'après-midi touchait à sa fin et Rosalyne était déjà en retard. Elle arpentait la forêt depuis trop longtemps, mais sans avoir trouvé ce pour quoi elle était venue. Bientôt, la lumière baisserait trop pour continuer ses recherches. Quand un bruit sourd se fit entendre, obligeant la jeune fille à se redresser. Elle connaissait très bien ce son précurseur de l'arrivée imminente d'un coursier et il ne ferait pas bon rester sur son passage. Elle aperçut alors l'objet de sa quête, non loin d'un arbuste couvert de lilas en fleurs. De joie, elle en oublia toute prudence pour récolter la plante convoitée.

Elle se redressait à peine que le bruit fût plus proche.

Presque à proximité.

Un cheval fondit sur elle et la dépassa au galop.

Rosalyne n'avait eu que le temps de s'écarter de là où elle se tenait, mais elle ne manqua pas de remarquer les yeux gris qui la fixaient avec étonnement. Le cavalier avait pivoté sur sa selle avant que sa monture ne perde l'équilibre en glissant sur un amas de feuilles. Tous deux avaient roulé à terre et le jeune homme eut toutes les peines du monde à se relever et remettre l'animal d'aplomb.

Thomas de Montbrun avait espéré couper court en passant par les bois, au retour d'un voyage à Paris, au lieu de faire mander un carrosse qui l'aurait ramené au château. Au détour d'un sentier, il ne s'était pas attendu à croiser un être presque irréel qui avait captivé son attention. Il venait seulement de se rendre compte qu'il s'agissait d'une jeune fille de simple condition et que sa course se fût arrêtée de manière fracassante. Son orgueil de cavalier émérite en avait pris un coup, d'autant plus qu'il s'était blessé au cours de la chute.

Thomas claudiqua jusqu'à une souche pour s'y asseoir quand il vit une délicate silhouette s'approcher. La demoiselle responsable de sa dégringolade. Elle voulait lui venir en aide, mais il refusa net.

— Laissez-moi au moins m'assurer que vous n'êtes pas gravement blessé. Peut-être qu'un pansement ou un cataplasme pourrait faire l'affaire.

— Il suffit ! Je ne te connais pas et tu pourrais essayer de m'empoisonner. Il ne faudrait pas me croire capable d'accorder ma confiance au premier venu. Si tu as compris cela, alors tu sais que je n'attends rien de toi. Maintenant, passe ton chemin et rentre chez toi.

Loin de s'en offusquer, Rosalyne demeura aux côtés du jeune noble qui en fut très surpris. Elle aurait dû se confondre en excuses avant de s'enfuir, au bord des larmes. À ceci près qu'il ne s'était pas attendu à ce qu'elle lui rende son regard, sans la moindre appréhension. Comme elle gardait le silence, Thomas s'en trouva gêné. Il baissa la garde en premier, vaincu par la détermination sereine de la demoiselle. De toute évidence, elle n'était guère intimidée en sa présence. Il n'avait encore jamais rencontré quelqu'un comme elle.

— Non, je ne suis pas blessé et je ne crois pas non plus qu'il s'agisse d'une fracture.

— Voilà qui est rassurant. Une lésion plus grave aurait été difficile à soigner dans ces conditions. Dans ce cas, c'est peut-être une entorse. Avez-vous besoin de secours ? Je pourrais aller jusqu'au château pour en quérir.

— Ne te donne pas cette peine. Je ne suis plus très loin et je pourrai finir le trajet.

— En ce qui me concerne, je ne puis songer à vous abandonner en pleine forêt, alors que la nuit ne va plus tarder à tomber. Je veux au moins m'assurer que vous pourrez vous remettre en selle.

Les yeux gris de Thomas s'attardèrent sur Rosalyne en la détaillant de la tête aux pieds.

— Même toi, tu ne devrais pas être ici. D'ailleurs, que faisais-tu à rôder dans ces bois ?

— Je ne rôdais pas, releva-t-elle avec une pointe d'agacement. Étant guérisseuse, j'étais en quête d'une plante permettant de résorber les inflammations. C'est là que vous et votre monture avez bien failli me tomber dessus... au sens propre.

Thomas esquissa un sourire amusé face à une véhémence aussi

inattendue. Il voulut se lever, mais s'appuyer sur la cheville douloureuse lui arracha un gémissement rauque qu'il peina à réprimer.

— Je ne vais pas te faire courir jusqu'au château ni te laisser m'administrer un de tes sortilèges, jeune demoiselle. En revanche, j'avoue avoir besoin que tu m'aides d'une autre manière. Viens près de moi, dit-il en lui faisant signe de l'approcher.

Elle s'exécuta, curieuse de savoir comment lui être utile.

Thomas tendit la main vers elle pour chercher à se poser sur l'une de ses épaules menues.

— Pardon, mais la nécessité m'oblige à me servir de toi.

— Je vous en prie, dit-elle en signe d'assentiment.

Il s'appuya sur elle pour se redresser et boiter jusqu'à son cheval qu'il enfourcha non sans mal, puisque l'effort avait ravivé sa douleur. Il serra les dents le temps qu'elle reflue un peu.

Thomas observa encore Rosalyne avec curiosité avant de l'enjoindre à rentrer chez elle sans plus attendre. Il éperonna alors sa monture qui fit un bond sur le sentier et partit au galop.

L'espace d'un instant, ils se demandèrent l'un comme l'autre s'ils n'avaient pas rêvé cette rencontre fortuite.

Quand le jeune comte arriva à Montbrun, il fallut quérir le médecin pour soigner sa cheville, mais il tarda quelque peu à venir. Le praticien s'en excusa. Apparemment, son apprentie devait lui rapporter une plante efficace contre les inflammations. Un accident l'aurait retardée, mais sans entrer dans les détails. Le plus important était d'avoir obtenu le remède promis. Celui-là même qui lui était appliqué en cataplasme.

Thomas eut un sourire amusé en songeant que cette demoiselle avait vu juste. Non seulement concernant le diagnostic de son mal, mais aussi sur la posologie à employer. Il en vint à se demander si la jolie inconnue n'avait pas jeté un sort à son cheval, au moment où il l'avait croisée dans les bois. À moins que ce ne ce soit lui qui ait été envoûté par la magnifique couleur de ses yeux mauves.

En tout cas, malgré sa chute inopinée, quelque chose de très intéressant venait de se produire. Il avait compris que non seulement la mystérieuse fée des bois devait être l'apprentie du médecin-

guérisseur, mais aussi qu'il serait appelé à la revoir. L'occasion de lui demander son nom.

Cela faisait bien longtemps que personne n'avait réussi à capter l'attention du jeune homme comme cette inconnue y était parvenue et il ne faisait aucun doute que cela lui plaisait déjà.

6

Quand je rouvris les yeux, j'étais encore adossée à l'arbre ancré dans les pierres des ruines avoisinant le château. Il fallait reconnaître que je ne me sentais pas très bien ; un brin nauséeuse et l'esprit embrumé. Sans oublier une désagréable sensation d'avoir la bouche pâteuse, avec un arrière-goût persistant de girofle.

Plus étrange encore : j'étais seule. Tom n'était plus là. Où était-il donc passé ?

Marthe s'avançait vers moi avec empressement. Cela me faisait toujours plaisir de la voir, y compris quand elle me fit un signe pour que je vienne à sa rencontre.

— Vous me cherchiez ? À moins qu'il ne s'agisse de votre...

— C'est vous, m'interrompit-elle. J'ai repensé aux réponses que vous m'aviez données, tout à l'heure.

— Tiens donc. Sur le coup, j'avais l'impression d'avoir vu juste, mais je n'en suis plus aussi sûre.

— Rose, aviez-vous étudié les plantes curatives avant de venir ?

— Non, avouais-je. Je sais au moins que la camomille aide à dormir et que la lavande parfume le linge.

Elle me fixait avec une certaine gravité, en dépit de son sourire.

— Vous avez mentionné la saudre et la chenarde. Deux termes que je n'avais encore jamais entendus. Comme ça m'a taraudée, j'ai cherché des réponses dans les livres, grâce aux mots en latin que vous aviez aussi mentionnés. J'ai fini par trouver quelque chose dans un vieux traité de pharmacologie datant du début du siècle dernier. La saudre, ou *salix alba*, désigne une variété de saules qui soulage les migraines. Quant à la chenarde, alias *colchicum automnale*... c'est le colchique. Devinez ce qu'il soigne en particulier ?

— La goutte ?

Marthe opina face à mon expression étonnée.

— En plus de leurs appellations latines et communes, les plantes peuvent avoir différents noms, en fonction de multiples critères. Vous n'avez pas choisi les plus simples. La plupart des gens à notre époque ne les connaissent même pas.

— C'est aussi mon cas.

— Alors c'est une surprenante coïncidence d'être tombée juste avec celles-ci ? Je ne le crois pas.

— Mais c'est uniquement la raison pour laquelle vous me cherchiez et non…

— Je dois recevoir un nouveau groupe de visiteurs, mais ils n'auront pas autant de chance que vous. Météo France vient d'émettre une alerte orange sur l'ensemble de la région. On va avoir droit à un orage phénoménal. Nous ferions mieux de nous abriter au château. Ça va être difficile de continuer à dessiner sous une averse.

Il fallait admettre que cette brave dame avait marqué un point.

Sans attendre ma réponse, Marthe passa son bras sous le mien pour m'enjoindre à la suivre le long du sentier. Je ne pouvais pas m'empêcher de jeter un regard en arrière. N'était-elle donc pas venue pour chercher Tom ? En tout cas, elle n'avait pas l'air de se préoccuper de lui et cela m'étonnait. D'un autre côté, j'en étais soulagée. Il m'avait troublée comme personne et je n'avais pas trop envie d'apprendre à Marthe qu'en plus d'être sexy en diable, son fils embrassait comme un dieu.

Dans le ciel, l'obscurité s'accentuait sous l'afflux de nuages lourds de pluie.

Tout compte fait, la bibliothèque du château offrait un refuge agréable. Je m'étais installée dans l'un des deux fauteuils confortables en face de la cheminée et dont chacun était doté d'un éclairage d'appoint. Ce qui n'était pas du luxe dans une pièce aussi sombre et dont le manque de luminosité avait été accentué par le mauvais temps.

Fidèle à l'idée qui m'était venue durant la visite, j'avais choisi l'un des romans de Nathaniel Leloup pour en commencer la lecture, pelotonnée dans un plaid douillet en laine. Pour un peu, je prendrais presque goût à la vie de château.

L'écrivain arpentait les deux niveaux tapissés de milliers de références avec patience et curiosité. De temps à autre, il rapportait quelques ouvrages qui venaient s'additionner à ceux déjà empilés sur la table centrale. Puis, il s'asseyait face à son ordinateur portable pour travailler avec un casque aux oreilles à travers duquel s'échappaient des accords de hard rock. Je l'observais parfois du coin de l'œil, épatée par sa capacité de concentration tandis qu'il feuilletait les livres en fonction de ses recherches. Ou alors, il griffonnait des notes dans son carnet, quand il ne parcourait pas une palanquée de sites. Incroyable qu'on puisse avoir un meilleur réseau WiFi en rase campagne que dans la région parisienne.

De mon côté, je m'étais laissée happer par l'intrigue de l'un de ses romans. Il fallait reconnaître que le décor s'y prêtait à merveille. Si le livre n'avait pas été dédicacé pour le propriétaire des lieux, j'aurais peut-être cédé à la tentation de l'escamoter, mais je pouvais tout aussi bien l'acquérir en deux clics sur ma liseuse. Cette intrigue, située à Paris au XVIe siècle, était centrée autour d'un éminent philosophe, poursuivi et accusé d'hérésie -rien que ça- autant par le roi que par l'Inquisiteur de France. Bref, un bouquin format parpaing, dans le style récit historique, mêlant conte philosophique à un suspense ésotérique qui n'aurait pas déplu au regretté Umberto Eco, qui avait écrit le roman cultissime *Le Nom de la rose*. Normal que ce soit un succès de librairie, à en croire les commentaires dithyrambiques postés en ligne.

Pourtant, à bien regarder l'énergumène qui en était l'auteur, on ne l'aurait pas imaginé tisser des trames historiques aussi palpitantes. Plus les pages défilaient et plus je me posais des questions, mais je n'osais pas le déranger dans son travail. Même le bref passage du groupe de visiteurs accompagnés par Marthe ne réussit pas à le déconcentrer d'un iota, alors que j'étais captivée par ses mots.

Il fallut attendre que la guide revienne seule, chargée d'un plateau avec des tasses de café afin de nous réunir autour de la table, pour une pause dont nous avions bien besoin.

En voyant la pile de documents qui avoisinait l'ordinateur de Nathaniel, Marthe et moi étions dévorées par l'envie de lui demander comment il s'en sortait avec ses recherches.

— Ça ne vous dérange pas d'évoquer le sujet ?

— Pas vraiment en fait, répondit-il. Si vous m'aviez interrogé sur mon nouveau manuscrit, cela aurait été très différent, car je n'en parle jamais. Sauf que là, ce n'est que de la documentation. Généralement, cette phase m'occupe plus ou moins six mois par an.

— Et les six restants ? demandai-je.

— Écriture. Du premier jet au texte revu.

— Mais pourquoi venir jusqu'à Montbrun, si vous avez surtout pris des livres sur la médecine médiévale et sur Hildegarde de Bingen ? Elle vivait en Allemagne, non ?

— C'est un peu loin du Limousin, renchéris-je.

— Je voulais me documenter sur le personnage. Hildegarde de Bingen était une religieuse bénédictine mystique et fondatrice des abbayes de Rupertsberg et d'Eibingen, au XIIe siècle. Pour l'époque, elle était considérée comme une militante quasi féministe, mais aussi visionnaire et poète. Ce qui n'est pas rien. Mais surtout, Hildegarde était la première naturaliste d'Allemagne, médecin et guérisseuse. Elle a décrit au moins trois cents plantes, surtout à des fins thérapeutiques. Ses écrits ont marqué l'histoire de la médecine populaire. Et malgré quelques pratiques infondées basées sur sa seule croyance, elle a eu des affirmations intuitives qui se sont avérées par la suite. Il a fallu attendre 2010 pour qu'elle soit enfin reconnue comme Docteur de l'Église par le pape Benoît XVI. Ce qui a fait d'Hildegarde la quatrième femme Docteur de l'Église après Catherine de Sienne, Thérèse d'Avila et Thérèse de Lisieux.

— Quel rapport entre cette femme exceptionnelle et le château de Montbrun ? s'étonna Marthe.

— En fait, je ne fais pas que fouiner dans la descendance secrète du dernier comte. Je suis surtout à la recherche d'une guérisseuse qui aurait exercé à Montbrun, à la moitié du XVIIIe siècle. Pendant longtemps, la magie et le divin cohabitaient sans s'exclure l'un l'autre, sans jugement de valeur. Bien sûr, l'inquisition s'est chargée d'éradiquer tout ça. Bon nombre de sages-femmes et de guérisseuses ont été fauchées, sous l'accusation de sorcellerie. J'ai bon espoir que certaines aient survécu et que l'une d'elles soit venue au château de Montbrun. L'ennui, c'est le manque de documents historiquement fiables qui aient échappé à cette période épouvantable. Sans parler de ce qui s'est passé ici au moment de la Révolution. Dommage que rien n'ait survécu…

Marthe considérait les ouvrages garnissant les étagères avec une certaine gravité.

— On oublie aussi de mentionner qu'à partir du Moyen-âge, le livre était devenu un luxe au prix prohibitif à cause des matériaux employés, comme le parchemin. Ou le nettoyage méthodique des bibliothèques qui a privé les peuples des connaissances et autres savoirs jugés hérétiques. Les effets s'en font encore sentir aujourd'hui.

Le romancier était très à l'aise dans ces évocations historiques. Pour élaborer ses intrigues, il avait fait appel à des historiens et leurs enseignements n'étaient pas passés par l'oreille d'un sourd. Nathaniel mentionnait certains faits sans pour autant tomber dans l'arrogance pédante de ceux qui prétendent en savoir plus que les autres.

— Depuis toujours, le contrôle du pouvoir passe par une stricte mainmise de la connaissance. C'est vers 1559 que l'Index fut instauré par l'Église. La liste des livres pernicieux qui ont été censurés, car jugés immoraux ou contraires à la foi chrétienne. Quand on pense que la majorité des philosophes ont été mis à l'Index… même ceux qui croyaient en Dieu.

— *L'Index Additus Librorum Prohibitorum*, murmurai-je.

Deux paires d'yeux écarquillés me fixaient, me ramenant à l'instant présent. Quoi ? Qu'est-ce que j'ai dit de si surprenant ?

— D'où connais-tu ça, Rose ? demanda Nathaniel.

— Harry Potter.

— De quoi ?

— J'avais entendu dire que l'Index avait été sorti du formol pour condamner des publications telles que Harry Potter ou le *DaVinci Code*. Ça frise le ridicule.

Nous nous esclaffâmes de bon cœur.

— Et donc, cette mystérieuse guérisseuse ? demandai-je en souhaitant revenir au sujet premier de cette discussion. Que savez-vous sur elle ?

— Pas grand-chose, il faut bien le reconnaître, soupira Nathaniel après avoir bu une gorgée de café noir. Mais je ne désespère pas d'en apprendre plus.

Laissant Nathaniel à son travail, je retournai au bouquin qu'il avait écrit en prenant soin d'emporter ma tasse sur une table d'appoint. J'avais hâte de me replonger dans ma lecture, mais l'appel de la caféine se fit le plus fort. Je m'enveloppais à nouveau avec le plaid de laine, confortablement installée. Trop bien, peut-être. Une vague de torpeur me gagna dès que j'eus fermé les yeux. Je venais de m'endormir et le livre m'échappa des mains pour chuter sur le tapis avec un bruit sourd.

Tom s'accroupit pour ramasser l'ouvrage qui était tombé à ses pieds et le posa sur la table avoisinante. De son autre main, il estompa la goutte écarlate sur ses lèvres du bout du pouce avant de se pencher sur la jeune femme qui venait de s'assoupir. Il lui effleura la bouche d'un geste furtif et elle s'humecta les lèvres en réaction. Son sommeil n'en fut que plus profond.

Ce qu'il infligeait à Rose à son insu lui déplaisait, mais elle devait en passer par là.

Tom lui caressa la joue du revers de la main en signe d'excuse, suscitant chez elle un soupir de plaisir. Il aimait bien comment elle réagissait au contact de sa peau. Il s'attarda à écarter une mèche rebelle de sa chevelure blond cendré quand un bruit en provenance de la table voisine attira son attention. Tom regarda par-dessus son épaule, constatant que le chevalier était encore penché dans un livre et qu'il n'avait pas remarqué sa présence.

Après avoir remonté le plaid sur la belle endormie, il posa ses lèvres sur la tempe et chuchota :

— Souviens-toi, Rose.

Ensemble

Thomas de Montbrun ne mit pas longtemps à découvrir le nom de la jeune fille qu'il avait rencontrée dans la forêt. Elle s'appelait Rosalyne et elle travaillait au château comme assistante-guérisseuse du médecin. Elle passait donc beaucoup de temps à l'officine pour en organiser l'agencement et veiller à la bonne conservation des préparations médicinales qui y étaient entreposées. Elle avait aussi la charge d'entretenir le jardin officinal et ce n'était pas une mince affaire puisqu'il fallait protéger certaines plantes que les jardiniers qualifiaient de mauvaises herbes et cherchaient constamment à éradiquer dès qu'elle avait le dos tourné.

Il arrivait souvent à Thomas de s'enfermer de longues heures à la bibliothèque et l'on ne comptait plus ses escapades pour éviter la chape d'obligations fastidieuses qui était son lot quotidien. Cependant, depuis qu'il avait vu l'énergie que Rosalyne consacrait à son travail, il décida ne pas avoir le droit de se trouver en reste. Il s'inspira de cette détermination pour se remettre à l'ouvrage. Une assiduité nouvelle qui ne manquait pas d'étonner ceux qui avaient été coutumiers de l'oisiveté chronique du futur comte.

Contre toute attente, les deux jeunes gens devinrent amis. Quand ils se retrouvaient en dehors du château, ils se promenaient en discutant des heures durant. Thomas avait initié Rosalyne aux échecs. Il s'en mordit les doigts tant elle apprenait vite et lui infligea de cuisantes défaites. Tandis que la guérisseuse étudiait les plantes du jardin en prenant des notes agrémentées d'esquisses, Thomas se tenait à ses côtés, le plus souvent à s'intéresser à son travail.

Si le seigneur de Montbrun se rendait toujours à des visites dans les domaines limitrophes, il avait toutes les peines du monde à y faire venir son fils qui rechignait désormais à s'éloigner. Il ne prenait plus autant d'entrain à séjourner des semaines durant en compagnie de la jeunesse nobiliaire qu'il fréquentait auparavant. Quand le comte avait de la visite en retour, le château s'en trouvait animé de tant de réceptions, de fêtes et de divertissements en tous genres, qu'il était devenu quasi impossible aux deux jeunes gens de se retrouver. D'autre part, Thomas se méfiait du comportement peu respectueux que les nobles pouvaient avoir envers les occupants des lieux. Il avait déjà vu des individus de son âge avoir les mains baladeuses avec les domestiques et les femmes de chambre.

En tant que guérisseuse, Rosalyne devait assister le médecin dès qu'il requérait ses services. Bien sûr, la grâce de la jeune fille n'était pas passée inaperçue auprès de la gent masculine. Mais le sang de Thomas ne fit qu'un tour quand il surprit le fils d'un marquis qui avait entraîné Rosalyne de force au niveau des ruines. Il pesait de tout son poids sur elle, bien décidé à lui faire subir les derniers outrages. Thomas intervint avec force et administra une sévère correction à l'indélicat qui fut présenté à son père de la façon la plus humiliante pour répondre de ses actes. Rosalyne s'était réfugiée dans l'herboristerie où Thomas la retrouva, accablé de la voir tenter de réprimer ses larmes. Assis sur le rebord de la fenêtre ouverte, il ne vit que la détresse dans son regard. Il l'avait attirée doucement dans ses bras pour la réconforter. Dès lors, il se jura que tant qu'il aurait un souffle de vie, personne ne pourrait s'en prendre à elle.

Plus le temps passait et plus leur complicité se renforçait. Thomas avait profité d'un bel après-midi ensoleillé pour lire un roman au pied d'un arbre enraciné aux pierres d'une ruine. Il eut un sourire attendri en contemplant Rosalyne qui s'était endormie, blottie contre lui. Il l'avait entourée de son bras et veillait sur son repos en savourant sa présence à ses côtés.

Un jour, alors qu'ils cheminaient tous les deux dans la forêt avoisinante, Rosalyne perçut un certain malaise émanant de Thomas. C'était bien la première fois qu'il se comportait ainsi et cela attisa chez elle de la curiosité ainsi que de l'inquiétude. Quand elle lui demanda avec sa franchise coutumière si tout allait bien, le jeune homme afficha une expression penaude qui n'était pas dans ses habitudes.

Il passa une main nerveuse dans ses cheveux bruns et se lança.

— Aujourd'hui, nous sommes bien le 13 mai, n'est-ce pas ?

Rosalyne acquiesça, curieuse de savoir en quoi l'état de son ami était lié à la date. Celui-ci venait de saisir quelque chose dans la poche de sa veste et le lui tendit. Un objet rectangulaire et plat, soigneusement enveloppé dans du papier de soie couleur bronze.

— C'est pour moi ?

Son étonnement était des plus sincères et touchant.

— Joyeux anniversaire, Rosalyne.

Thomas lui mit le petit paquet entre les mains et elle l'ouvrit avec précaution pour en révéler un carnet aux pages vierges. Il était magnifique, sur fond ivoire, avec deux liserés verts, et enluminés d'élégants pistils dorés. La jeune fille ne s'était pas attendue à ce qu'on lui offre quelque chose d'aussi beau.

— Thomas... Vous n'auriez pas dû. C'est beaucoup trop.

— Au contraire, c'est juste ce qu'il te faut. Tu m'as dit avoir besoin de quelque chose pour consigner tes notes et tes dessins de plantes, pour les avoir sous la main à tout moment. En plus, ce journal est au format idéal pour que tu puisses le garder avec toi.

— Mais, je ne peux accepter un présent aussi dispendieux.

— Pour être honnête, je l'ai trouvé dans mes appartements. Il ne m'est d'aucune utilité, et tu en auras plus besoin que moi. Et je ne veux plus que tu essaies de décliner ce présent alors que je te l'offre avec plaisir. Je t'en prie...

Il avait dit ces derniers mots en tenant les bras de Rosalyne qui vit la supplique muette qui l'habitait. Si jamais elle refusait encore, il en serait blessé et elle ne voulait pas lui infliger un tel tourment alors qu'il s'était toujours montré attentionné pour elle.

Dès lors, elle comprit et son cœur se serra d'émotion.

C'était son anniversaire et ce jeune noble lui avait offert non pas un, mais deux présents. Bien plus qu'elle n'en avait jamais reçu au cours de toute sa vie. Si les pages du carnet étaient blanches, elles n'étaient pas vierges pour autant. Au fil du papier velouté, elle pouvait y percevoir les sentiments que Thomas y avait insufflés.

L'amour qu'il lui portait.

D'une main douce, elle l'obligea à lever ses beaux yeux gris sur elle. Thomas vit alors que les iris mauves de la jeune fille scintillaient d'un éclat nouveau qui l'ensorcela. À tel point qu'il ne se rendit pas compte à quel moment il avait glissé une main dans ses cheveux et que ses lèvres s'étaient posées sur les siennes.

Quand il réalisa ce qu'il venait de faire, Thomas se recula et passa de la stupéfaction à l'attendrissement en constatant l'expression de surprise d'une Rosalyne rougissante, même s'il se méprit sur la raison de son état.

Gardant encore la douceur des lèvres du jeune homme en mémoire, la guérisseuse venait de réaliser qu'elle s'était vu offrir son tout premier baiser.

7

Décidément, je n'avais encore jamais fait une telle sieste après avoir bu du café. C'était à n'y rien comprendre, car je me sentais aussi vaseuse que dans le parc, quelques heures auparavant. J'avais la bouche sèche, avec le même arrière-goût désagréable de girofle. Perplexe, je trempais mes lèvres dans le breuvage encore tiède, étonnée de ne pas y retrouver cette saveur bizarre.

Je m'extirpais du confort du plaid pour le replier sur l'accoudoir du fauteuil quand mes yeux se posèrent sur la table où se trouvait le roman que j'étais en train de lire.

Comment est-il arrivé là ?

Cela n'avait pas le moindre sens, à moins que Nathaniel ne l'ait ramassé avant de retourner à ses recherches. C'était le plus logique, puisqu'il n'y avait que nous deux dans la bibliothèque.

En fait, à bien y regarder, j'étais toute seule.

Un flash lumineux éclata soudain, suivi quelques secondes plus tard d'un grondement sourd. De toute évidence, l'orage approchait et serait bientôt sur nous. Déjà, une averse s'était abattue, ricochant contre les fenêtres. Une chance d'avoir été invités à nous abriter en ces murs. Depuis près de trois cents ans, bon nombre d'intempéries n'avaient pas eu raison de cette forteresse.

J'étais curieuse de savoir où l'écrivain était parti quand des mesures de jazz s'élevaient de la pièce voisine, dans ce qui devait être la tour sud-est. Si je me souvenais bien de la visite, il devait s'agir de la salle de billard. Un sourire espiègle se profila tandis que je compris que mon insolite compagnon de lettres avait cédé à la tentation. Je me dirigeais donc vers la porte proche de la cheminée.

Une fois de plus, je fus frappée par les soins apportés aux détails d'ameublement et de décoration ; des deux triptyques peints sur bois ornaient les murs, en passant par les deux consoles de part et d'autre de la porte, jusqu'à la table de billard qui ne déparait pas malgré sa fabrication récente. Grâce à un lustre d'aspect cuivré avec trois lampes aux abat-jour verts, une franche luminosité inondait les lieux.

Comme je pouvais m'y attendre, Nathaniel était là, concentré sur le coup qu'il s'apprêtait à jouer. Une petite idée me vint à l'esprit, tandis que je me tenais appuyée contre l'encadrement en pierres de la porte, notant qu'il ne m'avait pas vue arriver.

— Il paraît que tu es un chevalier.

Nathaniel tressaillit et sa main ripa, lui faisant louper la bille qui se trouvait pourtant dans l'axe. J'eus un petit rire espiègle.

— Comment as-tu appris ça ? s'étonna-t-il.

— Oh rien... Ton fier destrier motorisé, peut-être. Sinon, à bien te regarder, tu as plus le look d'un biker. Alors oui, on pourrait se poser la question.

Nathaniel se passa une main derrière la tête, avant de s'en retourner à la partie qu'il avait commencée contre lui-même. À se demander qui gagnerait.

— On peut dire que je suis un chevalier, mais pas au sens médiéval du terme. Sans l'armure et tout le bordel. Ça veut juste dire que j'ai été nommé Chevalier de l'Ordre des Arts et des Lettres.

— Ce n'est pas rien. Je crois me souvenir que la distinction a été accordée à des auteurs illustres, mais aussi à... Chantal Goya. Alors, ça fait quoi d'avoir le même titre que Bécassine ?

Au regard noir que me lança Nathaniel, je compris que j'aurais mieux fait de la boucler. D'ici là que l'envie le prenne de me trucider dans un prochain roman, il n'y avait qu'un pas.

— Effectivement... soupira-t-il. Je n'avais pas vu la chose sous cet angle. Je vais peut-être finir par rendre ce truc au Ministère de l'Inculture. Mais sinon, tu as appris ça comment ? En faisant une recherche sur Internet ?

— Même pas, éludai-je. En fait, j'ai dû entendre des gens en parler durant la visite.

J'étais un peu gênée de lui dire que je tenais l'information d'un bel inconnu qui m'avait fait du gringue dans le parc avoisinant. En tout cas, Tom avait vu juste, encore une fois, et ça me faisait enrager.

Tout comme j'étais dépassée par les évènements qui m'étaient arrivés depuis que j'étais revenue à Montbrun. J'avais besoin de me confier à quelqu'un qui ne me jugerait pas et qui, surtout, ne me prendrait pas pour une dingue.

— Nathaniel, est-ce que je peux te parler ? Tu pourrais peut-être m'aider à comprendre les choses troublantes qui me sont arrivées ici.

Le romancier me scrutait de ses yeux noisette. Il devait se poser des questions. Je le vis se diriger sans un mot vers la console de gauche pour s'emparer d'une des queues de billard rangées au mur. Il se tourna alors vers moi en tendant l'objet à bout de bras.

— Okay, je veux bien t'écouter, mais tu vas devoir jouer une partie avec moi.

J'acquiesçai, même si je n'y connaissais rien en billard, hormis l'impression que celui-ci ne ressemblait pas trop à ceux qu'on pouvait voir dans les films et autres séries américaines.

Nathaniel eut la patience de m'expliquer les règles de base et le maintient à adopter, histoire de me rôder à l'exercice. J'appris à tenter quelques coups, avec des loupés au début, avant de pouvoir débuter une partie, sans craindre de casser quelque chose.

— Vas-y, Rose, de quoi voulais-tu me parler ?

— Soit je suis en train de devenir folle, soit j'ai des visions.

Nathaniel marqua un point avant de me regarder par-dessus son épaule, étonné.

Dès lors, je lui racontai tout. À commencer par la vague sensation de déjà-vu en faisant face au château, les statuettes d'oiseau du portail, les images que j'avais eues en visitant chaque pièce, l'impression de savoir jouer aux échecs alors que je n'y avais jamais touché, ainsi que mes réponses à l'herboristerie. En revanche, je gardai pour moi la rencontre avec Tom et le portrait que j'avais fait de mémoire, sans oublier la séance de flirt qui s'en était suivi. C'était beaucoup trop personnel, même si la bizarrerie mémorielle du dessin aurait pu peser lourd dans l'équation de l'inexpliqué.

L'expression de l'écrivain se contracta alors qu'il réfléchissait à plein rendement. Au lieu d'émettre le moindre commentaire, il me posa des questions.

— Aurais-tu des tendances aux addictions comme l'alcool ou les drogues en tous genres ? Voire les deux ? me demanda-t-il, cash.

— Non ! m'exclamai-je, sidérée. Je n'aime pas trop la picole et je ne me suis jamais repoudré l'intérieur du nez.

— Okay, c'était pour être sûr. Sinon, est-ce que tu étais déjà venue en visite ici ?

— La version rikiki à France Miniature, ça compte ?

— Seulement pour l'aspect extérieur, je l'admets. Sauf que ça ne nous dit pas comment tu pourrais savoir à quoi ressemblaient les pièces avant la restauration. Il n'en existe aucune description ni la moindre illustration d'époque.

— D'après le proprio, l'endroit était quasi vide. L'incendie de 1917 n'a presque rien laissé, si ce n'est la chapelle. Je n'étais même pas née en 1917 ! Sauf que là, je pouvais deviner quel ameublement se trouvait dans chaque pièce. Par exemple, je ne suis pas sûre qu'il y ait eu un billard ici, à l'époque de la Révolution.

— Sans doute, mais en France, on y jouait depuis le Moyen-âge sous une forme un peu différente et l'ancêtre du billard moderne remonte du XVIIe siècle pour gagner en popularité cent ans plus tard. La présence d'un billard dans ce château n'a rien d'anachronique.

— Sauf qu'il n'était pas dans cette pièce, m'obstinai-je.

Nathaniel se redressa et croisa les bras pour me toiser d'un air de dire « c'est ça, j'te crois » avec une once d'ironie manifeste. Si seulement il pouvait voir ce qui venait d'apparaître sous mes yeux. C'était comme un hologramme en trois dimensions. Je percevais les lieux tels qu'ils avaient été jadis et c'était très surprenant.

— Alors, peux-tu me dire ce qu'il y avait ici ?

— Un clavecin. Un de ceux avec deux claviers superposés, avec les touches noires et blanches, comme dans *La Belle & la Bête*.

— Donne-moi plus de détails, s'il te plaît.

— Il ressemble à un piano, mais avec des différences. Plus fin et élancé. Il y a deux couleurs de bois : acajou pour le coffre et des moulures dorées pour la base et les pieds. Chaque face du clavecin représente des paysages champêtres entourés d'enluminures. Le dessous du couvercle comporte aussi un décor peint sur toute la surface.

Le romancier grommela un juron et quitta la salle de billard pour retourner à la bibliothèque en m'intimant de l'attendre. Quand il revint avec sa tablette numérique, il activa un moteur de recherche pour entrer quelques mots clés. Il me demanda de lui montrer quelle image en ligne ressemblait le plus à ce que j'avais vu. Je fis défiler les photos jusqu'à ce que l'une d'elles attire mon attention.

— Celle-ci, désignai-je d'un doigt fébrile.

Sur l'écran, l'instrument était similaire à celui de ma vision, à ceci près qu'il avait subi le passage du temps. Aux traits surpris de l'écrivain, il devait avoir fini par comprendre que je n'avais pas inventé tout ça. L'image était liée au site de la Cité de la Musique Philharmonie de Paris et il était bien daté du XVIIIe siècle.

— Verdict ? demandai-je, l'estomac noué par l'anxiété.

— Tout sonne comme si tu revivais une vie antérieure. À croire que tu as déjà vécu ici, mais dans un passé trop lointain pour qu'il fasse partie de ton existence actuelle.

Je tombais des nues.

— J'aurais dû me douter qu'en parlant de ça à un romancier, il me tricoterait une histoire à dormir debout.

— Ne va pas croire ça, car j'ai eu tendance à penser pareil, jusqu'à ce que je manque de laisser ma peau dans un accident de moto, il y a quelques années. Sauf que le dossier des morts imminentes et des vies antérieures est maintenant assez étoffé, avec des cas troublants d'authenticité, pour qu'on puisse se contenter d'en rire bêtement.

— J'aurais presque préféré que tu me dises qu'à force de voir les araignées qui se baladent ici, j'ai fini par les avoir au plafond.

Nathaniel s'esclaffa. Je me renfrognais.

C'est ça... Fous-toi de ma gueule !

— Bref, je ne peux pas croire que ton explication soit la bonne.

— Si tu veux bien, on va mettre de côté sur ce refus catégorique de l'esprit qui bloque tout. Certes, on pourrait être tenté de croire que la réincarnation ne puisse pas exister pour de vrai. Sauf qu'il y a des cas qui tendraient à valider cette théorie. On pense aussitôt à Mozart qui avait composé son premier menuet à l'âge de six ans. Il y avait aussi un enfant né dans les années 1980 qui avait des connaissances très précises de l'aéronautique de la Seconde Guerre mondiale. J'ai même appris que certaines phobies renverraient à un traumatisme lié à une vie antérieure. Ainsi, un aquaphobe aurait pu périr noyé dans une existence précédente. Un pyrophobe serait mort brûlé, tandis que quelqu'un craignant ce qui enserre le cou aurait jadis subi la pendaison ou la strangulation. C'est normal de ne pas y croire tant que l'on n'a pas accepté que tout cela puisse être possible. Et laisse-moi te poser une question. Ne t'es-tu jamais demandé qui tu aurais déjà pu être, avant d'être celle que tu es aujourd'hui ?

Je haussais les épaules d'un air vague.

— Pas vraiment, non...

— Bon. Dans ce cas, prenons le problème sous un autre angle. Crois-tu que ce que tu as vu était réel ?

— Ça m'a semblé très vrai, je l'avoue. En fait, oui, c'était réel. Je n'aurais jamais pu imaginer autant de détails qui soient aussi véridiques. Après tout, je suis une graphiste, pas une historienne.

— C'est bien ce que je me suis dit. Selon le principe du rasoir d'Ockham, la piste de la réincarnation reste donc la meilleure.

— À ceci près que je n'ai pas de phobie, si ce n'est une forte allergie aux cons et que, dans une petite église, j'ai une épouvantable envie de déguerpir. J'ai dû être une hérétique.

— En tout cas, on dirait que tu es ici pour une raison qui t'échappe encore. Qui sait jusqu'où tout cela pourrait te conduire.

— Tant que ce n'est pas à un séjour prolongé en psychiatrie...

Marthe vint nous inviter à passer la nuit au château, le temps que l'alerte orage soit levée et Nathaniel lui proposa une partie de billard.

De mon côté, je m'interrogeais encore sur l'hypothèse d'avoir vécu dans ces murs, à l'aube de la Révolution française. Cela me semblait trop extravagant pour y accorder ne serait-ce qu'un tout petit début d'attention.

Moi, avoir eu une vie avant celle-là ? Non... Je n'y crois pas.

De toute évidence, il me manquait ce qui faisait le substrat de base de tout romancier qui se respecte ; à savoir une imagination débordante et quasi impossible à contenir.

8

Pour dîner, nous avions préféré nous installer dans la cuisine. Nathaniel et monsieur Lamers avaient apporté une table et des chaises, et je m'étais portée volontaire pour cuisiner. Après avoir farfouillé dans le réfrigérateur et les placards, j'avais réuni les ingrédients nécessaires pour préparer un *mac and cheese*. Je m'étais seulement amusée à rajouter un reste de fromage à raclette au traditionnel cheddar. Une fois passé au grill, le plat avait fait l'unanimité. Pour le dessert, j'avais improvisé avec de simples pommes au four.

Laissant Marthe et Nathaniel à une nouvelle partie de billard, je décidais de revisiter les lieux, en mode *château by night*. L'idée de le faire seule avait quelque chose de très amusant. Je me rendis au grand salon qui servait aussi bien de hall d'accueil que de salle de concert quand des musiciens étaient conviés à se produire et il fallait reconnaître que l'acoustique des lieux avait un son merveilleux. Une mélodie au piano guida mes pas sans que je m'en rende compte.

En passant par la porte, quelle ne fut pas ma surprise de voir que l'aménagement avait changé ! Les lourds sièges étaient maintenant contre les murs, libérant l'espace au centre de la pièce. D'innombrables chandeliers scintillaient de mille et une flammes dorées et vacillantes dont la luminosité se réverbérait sur les losanges or et argent aux murs. C'était vraiment magnifique.

Le morceau musical dont les notes s'égrenaient au piano n'aurait pas démérité dans une salle de concert. Le salon comptait une véritable pièce de collection : un instrument qui avait appartenu à Johannes Brahms, le compositeur et chef d'orchestre allemand de la seconde moitié du XIXe siècle. Excusez du peu ! Pendant la visite, même si tout le monde était fasciné, personne n'avait eu le droit de poser une seule phalange dessus. Ce qui ne semblait pas déranger l'homme qui s'était installé au clavier. Sur l'instant, j'avais failli ne pas le reconnaître, mais impossible d'oublier celui dont j'avais esquissé le portrait.

    Tom ne m'avait pas entendue arriver et je pouvais l'admirer sans craindre de me faire remarquer. Il était encore plus beau à la lueur des bougies. S'il trouvait que j'étais douée avec un crayon, lui l'était infiniment plus avec un clavier sur lequel ses doigts se déplaçaient avec virtuosité. La musique qu'il jouait, sans partition, mêlait un tempo enlevé accompagné aussi d'une certaine nostalgie. J'ignorais quelle était cette musique, mais elle m'atteignait en plein cœur et résonnait à travers mon âme.

    Sans s'arrêter pour autant, Tom lança un coup d'œil vers moi, montrant qu'il avait remarqué ma présence. Je vins m'installer à côté de lui tandis qu'il continuait de jouer. Même si j'aimais la musique classique pour piano, je n'avais jamais été capable d'aligner deux notes sans me tromper. Alors que Tom parvenait à restituer toute la grâce de cette composition. J'attendis qu'il fût arrivé à la fin pour oser briser le charme qu'il avait créé autour de nous.

    — C'est magnifique. Je n'avais encore jamais entendu quelque chose d'aussi émouvant. On aurait dit que la musique m'invitait à vous rejoindre. Elle m'appelait.

    Ma sincérité parut l'étonner, mais il m'adressa un sourire tout à fait désarmant. Je me sentis fondre.

    — Là où vous me sidérez, c'est que vous n'avez aucune partition. Vous connaissez cette musique par cœur.

    — On peut dire que j'ai eu tout le temps de m'exercer jusqu'à ce que son interprétation coule de source. C'est la *Passacaglia* d'Händel Halvorsen, composée sur un thème de Georg Friedrich Haendel. Pour être honnête, j'aime mieux cette version au piano.

    — Vous ne m'aviez pas dit que vous étiez musicien.

    — Parce que ce n'est pas le cas. Je ne connais pas d'autre morceau que celui-ci. Cette *Passacaglia* représente tout à fait ce que je vous ai mentionné à propos de la mémoire.

    — Capable de nous priver du plus beau tout en se rappelant du pire ? Pourtant, cette musique est si merveilleuse… comment pourrait-elle être liée à quelque chose de triste ?

Les notes s'élevaient à nouveau, comme si cela pouvait aider le jeune homme à révéler quelque chose qui lui tenait à cœur.

— Quand j'ai entendu cet air pour la toute première fois, je l'ai adoré. J'aurais tant voulu inviter ma bien-aimée à danser, au rythme de ces notes magnifiques. Malheureusement, le destin cruel m'a privé de cette chance. Aujourd'hui encore, je joue cette musique avec le regret lancinant de n'avoir pas pu exaucer un vœu aussi simple.

Mon cœur se serra à cette confession, pudique, mais amère. Je voulais faire quelque chose pour lui. Quelque chose qui serait à ma portée et qui le réconforterait un peu.

Je sortis mon *smartphone* et trouvais ensuite un arrangement similaire de la *Passacaglia* sur une application de musiques en ligne. Il ne fallut que quelques instants pour effectuer la manœuvre. Je posais l'appareil sur le piano avant de me lever. Je me tournais alors vers Tom à qui j'ouvris les bras.

— M'accorderez-vous cette danse ?

Sa surprise fut telle qu'il s'interrompit et pivota vers moi.

Je lui lançais un clin d'œil.

— Si vous restez au clavier, ça risque d'être compliqué de danser en même temps. D'où l'idée de faire jouer un enregistrement. Allez, Tom… Dansez avec moi.

Je me penchais vers lui pour prendre sa main entre les miennes et l'inciter à me rejoindre. Avant de lancer la lecture sur l'application, une observation me traversa l'esprit.

— Tout à l'heure, vous avez dit que c'était le genre de musique qui se dansait. Sauf que j'ignore comment. J'ai un peu tendance à tout danser pareil.

Sur l'instant, mes joues s'empourprèrent alors que l'étendue de ma stupidité m'apparut dans toute son ampleur, mais Tom m'adressa un sourire rassurant.

— Laissez-moi vous guider.

Ses yeux gris brillaient d'un éclat argenté. Ma voix s'étrangla et je ne parvins qu'à faire un simple signe de tête en retour. D'un doigt tremblant, je lançais la musique avant de faire face au jeune homme. J'esquissais une révérence et Tom s'inclina d'un geste empreint de respect, le faisant ressembler à un prince.

Il me prit la main et posa une paume ferme sur mes reins pour nous entraîner dans un mouvement souple à trois temps, au milieu du salon. Nos pas étaient d'abord un peu hésitants, mais ils ne tardèrent pas à s'harmoniser. Il me guidait toujours, sa main ardente au bas de mon dos, alors que je me retenais à son épaule pour ne pas perdre pied. Peu à peu, la boule d'appréhension qui m'avait gagnée relâchait son emprise et nous nous laissâmes emporter par le rythme.

Nous valsions au milieu des lueurs irréelles des bougies tout autour de nous, avec cette musique fascinante. On se serait crus parmi les étoiles. Tom avait raison ; comment ne pas s'émerveiller face à tant de beauté ? C'était un moment d'une grande intensité et j'en étais émue. Avec un petit sourire, Tom me fit tourner sur moi-même, mais je le surpris quand je lui en fis autant. Nous ne nous quittions pas des yeux alors que sa main remonta sur ma taille et que je passais la mienne derrière son cou avant de virevolter dans un abandon total. Après m'avoir à nouveau fait tournoyer, il me fit un léger baisemain avec un sourire coquin. Puis, la valse se poursuivit. Je ne m'étais jamais autant amusée à danser de toute ma vie et, en cet instant, j'aurais souhaité que le temps s'arrête.

Mais la musique finit pourtant par décroître. Tom me serra dans ses bras avec douceur. Sa chaleur et le parfum de sa peau saturèrent mes sens. J'étais surtout heureuse d'avoir pu exaucer le vœu qui lui tenait tant à cœur. Tom n'en dit rien, mais je sentais que mon geste l'avait touché. Et puis j'étais bien, contre son épaule. J'éprouvais un sentiment de plénitude mêlé à l'impression de me trouver à ma place. Là où je devais être.

Tom me chuchota à l'oreille :

— Merci, Rose… Vous aussi, vous m'avez appelé dans le parc.

Il me releva le visage afin de poser un léger baiser sur mes lèvres entrouvertes dans lequel il me transmit sa gratitude, et j'en fus bouleversée. Quand il se recula, j'avais toujours les paupières closes.

— C'est vraiment une musique magnifique, fit une autre voix masculine qui ne m'était pas inconnue.

Je rouvris les yeux, le rouge aux joues sous l'effet de la surprise, quand j'aperçus Nathaniel et Marthe sur le seuil du salon. Ma gêne fut balayée par la sidération, au point que j'en serais tombée à la renverse… mais pas uniquement à cause de leur présence ou du fait qu'ils aient surpris le fils de Marthe en train de m'embrasser.

Les meubles avaient retrouvé leur place, comme au moment de la visite, et les chandeliers étaient éteints. La lumière brute venait des trois lustres au plafond. Le coup de grâce me fut asséné en réalisant que j'étais désormais seule au milieu de la pièce.

Où était passé Tom ? Il m'enlaçait quelques secondes avant !

À moins que la perception du temps ne se soit aussi éclipsée dans une autre dimension, au point que je ne m'en étais pas rendu compte. Sur mon *smartphone*, la *Passacaglia* d'Halvorsen tournait en boucle, me rappelant l'instant merveilleux que je venais pourtant de vivre. Stopper la mélodie eut pour effet de rompre le charme.

Marthe s'avança à ma rencontre, comme si mon trouble ne lui avait pas échappé.

— Que faisiez-vous ici ? me demanda-t-elle d'une voix douce.

— La musique. C'est la musique du piano qui m'a guidée.

— Le piano… Ce piano-là ?

J'opinai en fixant l'instrument, toujours dans un état second, trouvant la réponse pourtant évidente. Ce n'était pas non plus comme s'il y en avait trente-six dans la pièce.

— Je me souviens que vous nous aviez interdit d'y toucher, mais il y avait bien quelqu'un qui jouait quand je suis entrée. Même qu'il s'agissait de…

Pourtant, Marthe fit un signe de tête en dénégation.

— Non, ce n'est pas possible, jeune fille. Pour la bonne raison que ce piano est en restauration depuis des mois. Personne ne pourrait en tirer la moindre note. Pas avant que le réparateur ne soit passé.

— Comment ça ?

Elle souleva alors le lourd couvercle à deux mains pour révéler la table d'harmonie qu'il abritait.

La stupéfaction me cloua sur place.

Et pour cause : toutes les cordes étaient manquantes.

À l'image de ce magnifique instrument, j'en restais sans voix.

9

Il me fallut un certain temps afin de renouer avec la réalité ou, tout du moins, à mon environnement immédiat. Parce qu'en définitive, la réalité avait été pulvérisée un instant auparavant.

Alors que Marthe me guidait jusqu'à une chaise où je me laissai tomber, les jambes flageolantes, Nathaniel examinait mon téléphone portable quand quelque chose attira son attention. Il me tendit l'appareil, qui était encore sur l'application musicale que j'avais ouverte. Pour la journée, l'historique comprenait l'album de Blackmore's Night que j'écoutais depuis le trajet en arrivant à Montbrun, mais aussi le morceau mentionné par Tom.

— Mais qu'est-ce que c'est que ça ? m'étonnai-je en voyant qu'un autre titre précédait la *Passacaglia* : une musique intitulée *Passacaille* de Georg Friedrich Haendel. Étrange, je n'avais jamais cherché ce titre… que je ne connaissais pas !

Mue par la curiosité, cette piste fut mise en lecture et je ne la reconnus pas au départ, avec ses accents baroques.

Bizarre, j'ai l'impression que ça ne m'est pas inconnu.

— C'est peut-être cette musique-là que tu as distinguée, tenta Nathaniel.

Il avait sans doute raison. Un passage me sembla familier.

— Là ! C'est ça que j'avais entendu en arrivant dans le salon. Mais alors…

Je levais un regard éperdu vers Marthe qui paraissait comprendre mon désarroi.

— Vous écoutiez la *Passacaille* en vous promenant dans le château et vous êtes entrée dans cette salle. Normal d'avoir cru que la musique venait de là.

— Sans doute…

À ceci près que je n'en étais pas convaincue et que cela

n'expliquait pas comment Tom était parvenu à jouer d'un piano aphone. C'était réussi, j'avais l'impression d'avoir carrément basculé dans... Je sursautais alors que le générique glauque de la série *The Twilight Zone* résonna dans le salon. Même si Nathaniel était hilare avec son *smartphone* à la main, tout content de sa blague, je le fusillais d'un regard noir qui aurait dû suffire à le réduire en cendres. Non seulement parce qu'il m'avait flanqué la frousse, mais parce que ce thème illustrait à merveille mon état émotionnel alors que j'avais été catapultée dans la Quatrième Dimension. Il fallait reconnaître qu'il y avait de quoi, sans oublier l'orage qui s'était abattu sur le château, lui conférant une ambiance encore plus flippante.

Marthe nous regardait avec circonspection.

— Quelqu'un pourrait m'expliquer ce qui se passe ?

Relâchant la tension accumulée, je poussais un soupir las.

— La vérité, c'est qu'il m'est arrivé des choses bizarres et que les hypothèses de Nathaniel sont trop fumeuses pour être crédibles.

— Vous pourriez me servir la version détaillée ?

— Alors, autant s'asseoir, suggéra le romancier. Rose, à toi d'ouvrir le bal.

Cette expression me fit frémir, mais je racontais à nouveau tout ce que je lui avais déjà expliqué et Nathaniel compléta avec les hypothèses qui lui étaient venues me concernant. Rien qu'avec tout cela, il y aurait peut-être matière à pondre un roman nimbé de surnaturel, à ceci près que je ne me sentais pas trop de faire partie du casting.

À ma grande surprise, Marthe eut un petit sourire amusé. Tout à fait le genre de réaction à laquelle je ne me serais pas attendue.

— Comme vous semblez apprécier les récits étranges, je vais vous en raconter un. En plus, celui-ci risque d'intéresser notre écrivain, puisqu'il se situe ici, un peu avant la Révolution. C'est une histoire de famille, d'amour, de folie et de meurtre.

Effectivement, Nathaniel s'était redressé sur son siège, montrant qu'il était tout ouïe. Il ne manquait plus que des marshmallows à faire griller pour avoir l'ambiance propice à une histoire de fantômes.

— Vous aviez raison de dire qu'Alexis de Montbrun n'était pas le dernier de la lignée comtale. Il avait un fils unique qui devait lui succéder et reprendre la gestion du domaine. Mais la destinée du jeune homme a changé le jour où il est tombé sous le charme d'une sorcière. Elle travaillait à l'herboristerie du château et avait une connaissance inégalée des simples et autres plantes médicinales.

— Incroyable, hoqueta Nathaniel, c'est précisément le sujet de mes recherches ! Pourquoi ne pas avoir dit plus tôt que vous saviez tout ça ? Vous m'auriez fait gagner du temps.

— Parce qu'il n'en existe aucune source historique qui ait survécu. Pas le moindre document écrit d'aucune sorte. Bref, vous n'en trouverez pas de preuve tangible qui puisse confirmer son existence. Elle pourrait très bien n'avoir jamais eu lieu…

— Comment se fait-il que vous connaissiez ces faits ? demandais-je à mon tour.

— Ce sont des histoires que nous nous transmettons de génération en génération. Il n'y a que ceux qui ne sont pas d'ici qui n'en ont jamais entendu parler.

Bien sûr, Nathaniel était sur des charbons ardents.

— Quel était le nom du fils du comte ?

— Il s'appelait Thomas. Thomas de Montbrun. Tout a commencé quand il revenait d'un voyage à Paris. Il ne lui restait qu'une étape avant de rentrer chez lui, mais le jeune homme avait voulu faire la surprise en arrivant plus tôt que prévu. Il a eu un accident de cheval, mais sans entrer dans les détails. Certains ont pensé que ce serait à cette occasion qu'il aurait croisé la sorcière dans les bois et qu'elle lui aurait lancé un sortilège dès cette première rencontre.

— Ils se sont revus ?

— Oui, Rose, parce qu'ils ont très vite développé de puissants liens. Au contact de la demoiselle, le noblian impertinent qu'il était alors devint plus sage et avisé. Si on lui avait jeté un sort, celui-ci semblait l'avoir rendu plus responsable et plus heureux aussi. Au départ, ils étaient amis. Cependant, la nature de leur relation changea du tout au tout à partir du moment où ils s'éprirent l'un de l'autre. Leur liaison fut discrète, mais ça a vite fini par se savoir. De toute façon, ce genre de secret ne le reste jamais très longtemps.

— Et elle, cette guérisseuse, s'impatienta Nathaniel. Comment s'appelait-elle ?

— Rosalyne, mais son nom a disparu des mémoires. Le docteur des environs l'avait prise sous son aile pour faire d'elle son apprentie avant de lui succéder. Elle s'était avérée la plus compétente dans ce domaine et elle aurait pu devenir une médecin de talent. Dommage que sa condition n'ait pas joué en sa faveur.

Thomas de Montbrun et Rosalyne ? Ces noms ne m'étaient pas inconnus. Bizarre...

— Pourquoi ? s'enquit Nathaniel. Parce qu'elle n'était qu'une simple roturière ?

— S'il n'y avait eu que ça. Non, c'est le fait d'être née femme qui l'a condamnée d'avance. Même si le brasier des bûchers de l'inquisition s'éteignait à peine, les femmes n'étaient pas encore considérées comme des humains dotés d'une âme. Or, il n'était pas rare de croire que ceux qui pouvaient faire le bien pourraient tout autant faire le mal et beaucoup de villageois ne voulaient pas que Rosalyne les approche. Certains ont préféré mourir de leur maladie au lieu de devoir leur guérison aux soins d'une sorcière. Et il y en a un plus d'un qui semblait partager cette opinion.

— Laissez-moi deviner, tentais-je non sans ironie, le curé de la paroisse ?

— Même pas, répondit Marthe. C'était le comte en personne. Le père Montbrun était très attaché aux valeurs propres à la noblesse de l'époque et il voulait que son fils soit le digne héritier capable de gouverner le comté. Aussi, il prenait très mal que son rejeton commence à fricoter avec une simple roturière qui mettrait sa lignée en péril.

— J'ignorais que ces histoires de classes sociales étaient si importantes, observais-je non sans espièglerie. Pas de quoi en faire un fromage. Alors, qu'est-il arrivé à Rosalyne et Thomas ?

Marthe lissa une mèche de ses cheveux avec un peu de nervosité.

— Un jour, Thomas est tombé dans une embuscade tendue par des mercenaires, sans doute enrôlés pour le tuer. Il parvint à se sortir de ce traquenard, mais non sans mal. Il était blessé et nécessitait des soins urgents. En l'absence du médecin, c'est Rosalyne qui fut chargée de s'occuper de lui. Or, il tomba malade et l'on soupçonna un empoisonnement. La jeune guérisseuse fut accusée et reconnue coupable de sorcellerie et de tentative d'assassinat. Pendant que le fils du comte avait été emmené à Limoges pour y être soigné, Rosalyne devait être présentée devant un tribunal, mais elle a été retrouvée morte dans la chapelle du château où le comte l'exhortait à confesser ses crimes et soulager son âme.

— Comment ça ? demanda Nathaniel. Se serait-elle suicidée ou ne l'aurait-on pas un peu aidée ?

— Malheureusement, on ne l'a jamais su, mais la rumeur se repartit qu'elle avait bien fricoté avec Satan qui l'a supprimée avant qu'elle ne dise tout du pacte qu'elle avait passé avec lui. Quand Thomas revint chez lui et apprit la nouvelle, il devint fou de douleur et disparut peu de temps après. Le comte ayant perdu son unique descendant, il l'a renié et déshérité. Peut-être pour le punir de son aveuglement. Personne n'a su ce qu'il était advenu de lui. Le plus étrange, c'est qu'au soir où le château a été détruit pendant la Révolution, des villageois ont juré avoir vu le jeune Thomas menant l'assaut qui eut principalement lieu la nuit, et que…

— Et que quoi ? murmurais-je.

— Il aurait assassiné son père dans la chapelle pour venger la mort de sa bien-aimée. Il l'aurait laissé se vider de son sang. Voilà l'histoire telle qu'on la raconte dans les environs. Est-ce qu'elle correspond à ce que vous aviez découvert, monsieur Leloup ?

— À peu de choses près, oui. En tout cas, par rapport à l'époque et aux mœurs en vigueur, je dirais que ça se tient. Par contre, je ne comprends pas pourquoi un noble aurait été jusqu'à détruire son héritage et supprimer son géniteur. Par amour ?

L'émotion me noua la gorge.

— Il devait vraiment tenir à elle…

Quelque part, j'avais de la peine pour eux deux, car je n'imaginais pas Rosalyne qui attenterait à la vie de l'un de ses patients, et encore moins à l'homme qu'elle aimait. Si elle avait été accusée à tort, je frissonnais d'effroi en pensant aux horreurs qu'elle avait peut-être endurées avant de mourir. Le destin de Thomas me froissa aussi le cœur en devinant l'ampleur de son chagrin.

Marthe avait eu raison de dire que c'était une histoire de famille, d'amour, de folie et de meurtre. Celle-ci en cochait toutes les cases, sans oublier l'horreur.

J'ignorais pourquoi j'éprouvais de tels sentiments pour les protagonistes de ce qui ne semblait être qu'une légende orale locale. Cependant, il m'était impossible de rester insensible à leur destinée. C'était peut-être dû au décor médiéval du château, qui avait été la scène d'origine de cette histoire, à moins que l'ambiance de cette nuit d'orage n'ait rien arrangé. En plus de l'éclat des éclairs et le fracas du tonnerre, une puissante averse continuait à s'abattre avec les plaintes lugubres du vent qui semblaient vouloir me parler. Vraiment étrange, mais je les entendais pourtant murmurer d'obscures litanies.

Je sentis alors l'effleurement de doigts graciles sur ma gorge et une voix chuchoter à mon oreille : « *Pulchram rosam est. Quidemes, O Aeternum, hoc sanctae foedus amororis non solum étiam délicias et hoc non hàbére finis.* »

Je me redressais en portant une main tremblante à mon cou, le souffle court et les sens aux aguets. Je regardai tout autour de moi, mais il n'y avait personne.

— Tom ? chuchotais-je.

10

L'eau de la douche s'écoulait sur ma peau, chaude et délassante. Avant de mettre les pieds à Montbrun, je n'aurais jamais imaginé pouvoir dormir dans un château. Il allait falloir trouver un moyen de remercier monsieur Lamers de son hospitalité. J'avais déjà dans l'idée de restituer en des dessins soignés comment étaient les pièces telles qu'elles m'étaient apparues dans mes visions étrangement détaillées.

Marthe nous avait installés, Nathaniel et moi, dans deux des chambres du premier étage et j'étais dans celle que nous avions visitée dans la journée. Elle nous avait donné des paniers d'accueil réservés aux rares invités contenant tout ce dont nous pourrions avoir besoin pour la nuit : des produits de toilette qui n'avaient rien à envier à un palace, un chargeur universel par contact ainsi que deux petites bouteilles d'eau. Elle avait préparé aussi un plateau où avaient été disposés une bouilloire électrique, deux mugs, des sachets de thé et de café, avec du sucre, deux cuillères et un assortiment de gourmandises à grignoter. Elle avait prévu un sac pour y mettre nos vêtements qui pourraient être nettoyés et repassés le soir même. Quel accueil !

Je humais avec délice le parfum du savon au miel fourni dans la panière. C'était définitif, j'allais lâcher les gels douche pour me convertir aux savons une fois rentrée chez moi. J'avais enfilé un peignoir d'un moelleux incomparable quand quelqu'un toqua à la porte. C'était Marthe qui était venue s'assurer que nous étions bien installés, mais je la sentais désireuse de me parler.

Nous nous assîmes donc sur le lit, l'une à côté de l'autre, mais comme Marthe gardait le silence, j'en vins à me demander de quoi elle souhaitait me parler.

— Marthe, vous allez passer la nuit ici ?

— Oui, dans une des chambres voisines. Le patron ne veut que personne ne s'aventure sous l'orage et c'est tout à son honneur. Même si je n'habite pas loin, un accident est très vite arrivé.

— Mais, et votre famille ?

Marthe eut un petit sourire triste face à mon inquiétude.

— Oh, ça fait bien longtemps que je vis seule, ma chérie. N'en soyez pas désolée, vous ne pouviez pas savoir.

J'étais sur le point d'objecter qu'elle pouvait compter sur son fils, mais elle sortit son téléphone portable sur lequel elle afficha les albums qui y étaient enregistrés. Il y avait une photo datant d'une vingtaine d'années. On y voyait une Marthe plus jeune et rayonnante, en compagnie d'un homme châtain aux yeux verts, doté d'un doux sourire. Ils se tenaient enlacés, avec un enfant. S'il avait hérité des yeux rieurs de sa mère, il ressemblait plus à son père.

Des cheveux châtains aux yeux verts ? Mais... Ce n'était pas Tom ! La chevelure du jeune homme était d'un brun sombre et il avait les yeux gris.

Je levais un œil interrogateur vers elle et Marthe m'expliqua qu'il s'agissait de son mari, Gabriel, et de leur fils Olivier. Tous deux avaient péri suite à un accident de la route, alors qu'ils rentraient de faire des courses. Un camion avait percuté leur voiture et ils étaient morts sur le coup. L'enfant n'avait que huit ans.

Si on avait été dans un film à suspense, le timing aurait été parfait pour qu'un coup de tonnerre n'éclate, alors que mon cœur venait de s'arrêter net sous l'impact de la révélation qui m'étaient tombées dessus avec la délicatesse d'une enclume.

Tom m'avait menti ! Il n'était pas le fils de Marthe, comme il l'avait prétendu. Chaque fois que j'avais cherché à parler de lui, c'était pour être interrompue. Tant mieux dans un sens, puisque j'aurais eu du mal à expliquer comment je pouvais connaître un homme supposé être décédé depuis sa plus tendre enfance. Même à moi, l'idée semblait complètement absurde.

Mais alors, qui était Tom en réalité ?

Il fallait bien admettre que c'était le mot juste et cela me mortifia parce que cela voulait dire que soit le destin avait enfin donné vie à l'homme de mes rêves pour le jeter dans mes bras, soit ce n'était qu'une cruelle hallucination et j'étais officiellement devenue folle.

Je devais donner l'impression d'être à l'ouest parce que la fin de la conversation avec Marthe m'était passée au-dessus de la tête et je ne me rappelais même pas de quoi nous avions pu discuter avant qu'elle ne quitte la chambre. Là, je ne m'en étais pas rendu compte.

Une fois seule, je m'étendis sur le lit, encore enveloppée dans le peignoir. Je roulais sur le dos pour contempler les motifs végétaux du baldaquin dont les tentures étaient restées ouvertes. Elles auraient au moins occulté la luminosité des éclairs, mais cela ne m'avait jamais empêché de fermer l'œil. Les questions sans réponses, en revanche, y parvenaient très bien. C'était exaspérant.

Tout comme le souvenir que le contact du mystérieux Tom avait provoqué en moi ; la douceur de ses mains, l'odeur et la chaleur de sa peau, son sourire insolent, la puissante tendresse de ses baisers, la texture soyeuse de ses lèvres contre les miennes. Mon corps se rappelait, un peu trop bien à mon goût, de ces sensations et surtout de la vague d'un désir resté inassouvi qui en avait résulté.

Frustration, quand tu nous tiens.

Des fois, j'aurais préféré que mes sens soient frappés d'amnésie. Au moins le temps de me laisser un peu dormir, cette nuit. Loin de s'être mis en pause, ces derniers s'étaient exaltés. Si ma peau avait gardé en mémoire la douceur des mains de Tom, j'avais la délicieuse impression qu'elles en exploraient les moindres recoins. Ses doigts glissaient, à la fois hésitants et avides, faisant fi de l'étoffe qui abritait l'épiderme convoité, tandis que les lèvres ourlées du jeune homme effleuraient mon cou avant de s'aventurer au creux de mon épaule ainsi dénudée qu'il mordilla en m'arrachant un gémissement. De tous mes rêves voluptueux, aucun n'avait été aussi sensuel au point de mettre le feu aux draps.

Le poids de son corps sur le mien acheva de me convaincre qu'il s'agissait plus que d'un songe au réalisme trop troublant.

Cet homme s'était effectivement invité dans mon lit.

Ses caresses exquises s'attardèrent sur ma poitrine. Ses mains, larges et fermes, couvraient mes seins et les pressèrent doucement. Ses paumes en épousaient la courbe et sa bouche gourmande flattait l'extrémité de l'un d'eux pendant qu'il effectuait sur l'autre un geste circulaire du pouce. Mon corps réagit en conséquence sous l'effet de ses attentions. Comment diable savait-il que cette partie de mon corps serait aussi sensible ?

Je me sentais fondre d'un plaisir inédit. Il surpassait les rares amants qui l'avaient précédé, comme s'il savait mieux que quiconque comment j'aimais être touchée. À moins que l'on s'y soit mal pris avec moi, jusqu'à présent. J'étais prête à en réclamer davantage, brûlante d'un désir à la limite de la combustion spontanée.

Tom m'avait dévorée des yeux, de ses mains, mais aussi de ses lèvres si douces, et je l'avais laissé faire. Tout comme je l'avais laissé m'approcher dans le parc. Sa présence me parut pourtant presque chimérique. À tel point que je ressentais l'envie de le toucher à mon tour, juste pour dissiper cette impression qu'il ne soit qu'une illusion.

Ses yeux scrutaient les miens, brillants d'un éclat irréel.

— Dis-moi, Rose, est-ce que tu as pris conscience de ce qui se passe entre nous ? De ce lien inextricable qui nous unit, toi et moi ?

Sa voix vibrante et grave avait occulté le fait qu'il s'était mis à me tutoyer, mais ce qu'il qualifiait de « lien » n'était rien en comparaison avec le maelstrom d'émotions et de sensations qu'il me faisait ressentir par sa seule présence.

D'une main tremblante, j'effleurais la peau douce de sa poitrine, comme si je cherchais à éprouver l'origine de ce lien émanant de lui et il esquissa un geste similaire, sans doute pour les mêmes raisons. Je le sentis frémir à son tour. Preuve que je lui faisais aussi de l'effet.

— Ce qu'il y a entre nous, poursuivit-il, transcende la logique, par-delà le temps et l'espace. Seul un véritable amour peut unir deux âmes à tout jamais. Or, je t'ai dans la peau, dans mon sang et dans mes rêves depuis toujours. Je ne l'ai jamais oublié et tu es en train de t'en souvenir aussi. Quand j'ai entendu ta voix chantante derrière le château, je n'y ai d'abord pas cru. Pas après une éternité de solitude. Puis, je t'ai vue et un fol espoir s'est emparé de moi, mais il fallait que je sois sûr. Te toucher et t'embrasser dans le parc était déjà une preuve en soi. Tout comme le fait que tu te sois souvenue de mon visage, sans même en avoir conscience. J'avais tant souhaité que tu me reviennes enfin. Maintenant que tu es là, je te désire encore plus, fit-il d'une voix ardente en me débarrassant du peignoir qu'il laissa choir au sol. J'ai toujours eu envie de toi.

Emporté par son élan, il m'embrassa en nous faisant basculer sur le lit. Tom me coucha sous lui tout en enveloppant mon corps avec le sien. Le désir qui sommeillait en moi se raviva, aussi dévorant que les baisers que nous partagions, et amplifié par le contact de notre peau mise à nu. Il se recula un peu, me laissant haletante.

S'il aimait que je m'ouvre à ses caresses, je découvris non sans amusement qu'il n'était pas insensible aux miennes. Mes mains se promenaient sur ses bras, ses épaules robustes et son dos à la peau veloutée où je percevais le roulement de ses muscles au moindre de ses mouvements. Je frôlais sa nuque et tandis que mon autre main descendit jusqu'à la cambrure de ses reins. Il frémit à mon contact et laissa échapper un soupir impatient.

Tom passa un bras sous mes hanches pour me serrer contre lui et le rouge me monta aux joues. Non pas par un soudain excès de timidité alors que nous partagions un instant d'une telle intimité, mais parce que je venais de réaliser qu'il s'était glissé entre mes jambes tout en passant une paume chaude et ferme sur mon ventre. Il était sur le point de me revendiquer et je ne demandais que ça. Après tout, cet homme avait déjà pris ma virginité depuis belle lurette.

Minute ! D'où me vient une telle idée... à un moment pareil ?

Je regardais Tom avec stupéfaction alors que cette petite pensée de rien du tout s'était enracinée dans les recoins de mon esprit. J'avais pris conscience que ce n'était pas la première fois que nous nous abandonnions l'un à l'autre et qu'il avait été mon tout premier amant. À ceci près que ce n'était pas de *moi* qu'il était question. Ces souvenirs étaient curieusement les miens, mais sans pour autant appartenir à ceux que je pouvais avoir. J'enrageais. Littéralement.

Bon sang ! C'est à croire que je suis devenue folle !

Loin d'être perturbé par mes émotions en dents de scie, Tom réalisa qu'il se passait quelque chose en moi. Il me berça dans ses bras d'un geste apaisant, sans pour autant tenter de reprendre là où nous en étions... mais j'étais à l'origine de ce brusque changement de programme de nos fantaisies nocturnes alors que je le désirais tant !

— Oh Tom… me lamentais-je. Je suis vraiment désolée de tout faire foirer ainsi.

— Ne le sois pas. Tu es en train de vivre quelque chose de très important. Tu ne dois pas le fuir, mais y faire face. Surtout maintenant que tu commences à te souvenir.

— Me souvenir de quoi ?

— De nous. De moi…. Mais certaines portes n'ont pas encore été ouvertes. Tu vas devoir le faire toute seule, cette fois.

Ses yeux brillaient d'exaltation au point que j'aurais pu le prendre pour un fou psychotique, mais quelque chose me troublait dans son emportement.

Il se tourna vers la table de chevet pour saisir une fiole qu'il ouvrit d'une seule main tout en me tenant contre lui. Sans même me laisser comprendre le comment du pourquoi, il en ingéra le contenu. Du moins, c'est ce que j'avais cru jusqu'au moment où il me scella à nouveau les lèvres et que je sentis un liquide s'insinuer dans ma bouche. J'eus un mouvement de répulsion spontané pour m'éloigner de lui, mais Tom avait anticipé ma réaction en passant un doigt sur ma gorge pour m'obliger à avaler cette mixture au goût âcre et de girofle. Il me maintint ainsi alors que mes forces m'abandonnaient soudain avant de perdre connaissance, le visage enfoui au creux de son épaule.

— On y est presque, mon aimée, chuchota-t-il à mon oreille. Tu vas devoir être forte. Pour nous deux.

Passions

    Rosalyne n'arrivait toujours pas à croire que Thomas ait pu se livrer à une telle folie et pourtant, il l'avait fait. Son audace n'avait de cesse de la surprendre. Emberlificotée dans les draps, elle se pelotonna contre le jeune homme assoupi dans son lit, savourant la chaleur de sa peau contre la sienne tandis que son souffle lui chatouillait le cou. Il lui passa une main alanguie de sa nuque aux hanches et elle en aurait ronronné de plaisir. Elle apposa un baiser sur ses lèvres douces et s'endormit à son tour, la tête sur son torse, bercée par les battements de son cœur.

    Quelques heures auparavant, il s'était introduit dans sa chambre et ils avaient fait l'amour dans un élan passionné, mêlé à la crainte de se faire surprendre. C'était inouï de voir comment leurs relations avaient évolué ces dernières semaines.

    La jeune fille avait d'abord pris peur à cause de son agression, mais Thomas avait su apaiser ses appréhensions compliquées par le fait qu'il s'apprêtait à lui ravir sa toute première fois. À force de patience et de délicatesse, il avait conquis son cœur, mais aussi son être tout entier. Entre ses bras chauds, elle avait découvert la joie d'aimer et d'être aimée en retour.

    Un soir, Thomas avait convié Rosalyne dans sa chambre pour évoquer un trouble qui l'empêchait de dormir. Avant même d'avoir eu le temps de comprendre ce qu'il lui arrivait, elle s'était retrouvée avec lui, sous les draps.

    Au beau milieu de la nuit, la guérisseuse consultait ses notes dans l'élégant journal que Thomas lui avait offert. Elle s'était allongée nue, à plat ventre, mais ne craignait pas d'avoir froid grâce à son amant étendu sur elle. Elle tenta malgré tout de rester concentrée sur ses recherches, tandis que Thomas lui mordillait l'épaule avant de remonter ses baisers dans son cou. Il lui arrivait d'être très câlin et elle adorait cela.

— *Voyons... Aérophagie ? dit-elle d'un ton taquin tandis que le jeune homme rit sous cape. Je n'ai pas l'impression que c'est cela. Constipation ? Non plus. Pas d'eczéma, alors je pencherais pour un remède à base de nénuphar, de châtons de saule, de la valériane, de la douce-amère et du houblon. À boire avec du miel avant de dormir. Cela devrait faire l'affaire pour vous soulager.*

Thomas essayait de se remémorer en vain ce qu'il avait appris sur ces plantes, avant de s'amuser à noter la dernière.

— *Quoi ? Tu vas me prescrire un remède médicinal sous forme de bière ? L'idée me plaît assez. Et qu'est-ce que cela traite ?*

— *La vigueur sexuelle.*

— *Es-tu certaine qu'il soit nécessaire de l'accroître ?*

Rosalyne éclata d'un rire clair en rougissant.

— *Au contraire, c'est pour atténuer un surplus de libido. Dans ces conditions, il est normal que vous ne parveniez pas à fermer l'œil.*

— *Comment ça, un surplus de libido ?! s'indigna-t-il faussement. D'habitude, tu ne trouves pas à t'en plaindre... susurra-t-il.*

Thomas s'appuya sur les avant-bras et arrima ses hanches à celles de Rosalyne pour la pénétrer en douceur. Le roulis enfiévré de ses reins lui soutira un gémissement d'extase. Tout bien réfléchi, elle n'était pas sûre de lui administrer ce genre de médication.

Ils sommeillaient dans les bras l'un de l'autre quand Rosalyne voulut savoir ce qui préoccupait réellement le jeune homme. Il lui promit de lui en parler si elle ne se moquait pas de lui, en contrepartie. Sa curiosité en fut aiguillonnée, mais elle accepta.

— *Quand j'étais enfant, j'ai trouvé un livre dans la bibliothèque avec une gravure qui m'avait terrifié. On pouvait y voir une femme étendue sur le sol, les bras en croix et une jambe repliée. Avec la tête rejetée en arrière, on aurait dit qu'elle était tombée alors qu'elle vaquait à ses occupations. Au-dessus d'elle, au milieu de sombres nuages, l'ange de la Mort tenait une grande faux à la main. Squelette agenouillé qui venait de faucher la vie de cette femme.*

— *C'est assez impressionnant. Normal que cela vous ait marqué.*

— *Oui et non, car ce n'est pas le pire qui soit arrivé, en vérité.*

Un peu avant que ma mère ne soit emportée par la pneumonie, j'ai de nouveau vu cette gravure dans mes cauchemars. Sauf qu'à la place de la femme anonyme au sol, c'était ma mère qui gisait sous les yeux de la Mort. Chaque fois, je me réveillais, complètement épouvanté. Et deux nuits après, ma mère est décédée.

— *Mais cela remonte à des années, à présent. Pourquoi le souvenir de cette effroyable gravure vous tourmenterait-il de nouveau ?*

Thomas frissonna d'une angoisse à peine réprimée, le poussant à resserrer son étreinte. Seul le fait de sentir la jeune fille contre lui parvenait à le réconforter.

— *Je n'en sais rien. L'ange de la Mort est revenu me hanter depuis deux nuits, maintenant. Chaque fois qu'il se manifeste, quelqu'un à qui je tiens de tout mon cœur disparaît. Cette fois, c'est toi que je vois être fauchée par la lame du destin ! Je ne veux pas qu'on t'enlève à moi. J'ignore jusqu'où je serais prêt à aller pour te protéger, murmura-t-il en enfouissant son visage dans le cou de Rosalyne.*

Si elle était soulagée que le jeune comte ait évoqué ce qui l'inquiétait à ce point, elle ne lui avait jamais parlé de ce qui la préoccupait, elle, depuis quelque temps.

Elle n'était pas à l'aise dans le château.

Ou plutôt, la présence de quelqu'un provoquait chez elle un sentiment diffus à la limite de l'angoisse lancinante. Il lui arrivait de se sentir épiée à différents moments de la journée, surtout quand elle était seule. Que ce soit à l'officine ou dans quelque autre partie du château. À chaque fois, elle en tremblait d'appréhension, avec l'apparition de sueurs froides roulant dans son dos.

Elle avait peur.

Si elle avait été encline à s'effaroucher d'un rien, elle aurait pu croire que l'ange de la Mort évoqué par Thomas était déjà en train de la surveiller, prêt à frapper.

Sauf que le jeune comte fut le jouet du destin.

Au crépuscule du jour suivant, ce dernier fut conduit de toute urgence dans ses appartements où Rosalyne dû se rendre en vue d'une intervention cruciale. Elle blêmit en voyant Thomas étendu sur son lit, couvert de sang. Comme d'ordinaire quand l'urgence prédominait sur tout le reste, elle fut gagnée d'un calme à la fois clair et efficace, prompte à réagir pour prodiguer les soins les plus appropriés en fonction des cas, sans pour autant laisser l'émotionnel entraver ses réflexions et ses actions.

Sa première intervention fut d'accéder aux plaies qui avaient été infligées à son patient et qui semblaient avoir été provoquées par des armes blanches, telles que des dagues ou des épées. Thomas s'était-il donc battu ? L'avait-on attaqué ?

Le médecin n'était pas au château et l'état du jeune homme le rendait intransportable jusqu'à Limoges, la ville voisine. Il fallait le soigner sur place sans plus tarder. La guérisseuse resta aux côtés de son patient. Elle avait réussi à juguler les saignements les plus importants et nettoyé l'ensemble de ses blessures, mais certaines nécessitaient d'être refermées au plus vite. Elle n'aurait pas d'autre choix que de les recoudre... à vif. Certaines plantes pourraient amoindrir la douleur, mais elles étaient qualifiées de toxiques. Dans l'urgence, la jeune fille opta pour administrer du laudanum à Thomas. Son dosage était extrêmement rigoureux et elle ne voulait faire courir aucun risque à son patient. Soit il survivait à l'intervention, soit il passerait l'arme à gauche. Un quitte ou double impossible à ignorer.

Thomas s'en était d'abord alarmé, mais face au regard déterminé de son aimée, il comprit qu'il pourrait avoir une confiance absolue en elle. Au point de remettre sa vie entre ses mains. D'un signe de tête, il lui intima son accord. Malgré son appréhension, il accepterait le traitement qu'il aurait à subir.

Rosalyne était bouleversée par la réaction de Thomas, mais elle sut temporiser ses émois pour ne se concentrer que sur l'intervention à mener. Une fois son matériel préparé et revérifié, elle se lava abondamment les mains et veilla à la propreté de ses ustensiles. Elle tendit un épais morceau de cuir à Thomas pour qu'il morde dedans afin d'éviter de se mutiler au cours de l'opération.

Il subit celle-ci sans émettre la moindre plainte en dépit de la souffrance qui devait lui donner envie de hurler. Le gris de ses yeux s'était assombri au point de paraître noir. La perte de sang l'avait rendu plus pâle et son front perlait de transpiration sous l'effort.

Il fut gagné par la nausée, mais resta stoïque malgré tout, tandis que les mains graciles de Rosalyne s'activaient pour refermer ses blessures. Elle aurait souhaité que la douleur lui fasse perdre connaissance, pour le soulager au moins un temps, mais ce ne fut malheureusement pas le cas. Elle devait se hâter.

Une fois qu'elle eut terminé, elle lui prodigua un nettoyage consciencieux et pansa ses blessures à grand renfort de linges propres. Quand ils se regardèrent, ils étaient tous les deux haletants, comme s'ils avaient disputé une course contre la mort.

Trop tard : l'ange de la Mort s'était déjà penché sur eux.

11

Quel cauchemar effroyable !

Les éclairs déchiraient encore le ciel nocturne, mais ce n'était pas ce feu d'artifice céleste ni le fracas de l'orage qui m'avait réveillée en sursaut, en m'arrachant aux griffes d'un songe aussi atroce.

Le souffle court, je peinais à respirer, comme si l'air ne parvenait pas à mes poumons en feu. D'une main tremblante, je repoussais en arrière les mèches de mes cheveux trempés tandis que mon corps était couvert d'une sueur froide insidieuse. Je m'étais tapie contre la tête de lit, le dos droit et les jambes repliées contre moi, comme si j'avais cherché à me réfugier le plus possible hors de portée de quelqu'un. Pourtant, j'étais seule dans ma chambre.

Mon cœur cognait à tout rompre contre mes côtes et je craignais qu'il ne finisse par me faire faux bond.

Pour un peu, on croirait qu'il s'évertuait aussi à s'enfuir.

Comment un rêve avait-il pu si bien commencer pour s'achever sur une telle abomination ? Je m'étais assoupie dans les bras de Tom alors qu'il était sur le point de me faire l'amour et j'avais plongé dans un terrifiant imbroglio d'images et d'impressions aussi terribles que réalistes. Les dernières en date étant de voir quelqu'un qui ressemblait à s'y méprendre à Tom penché au-dessus de moi. Il correspondait à une version plus âgée, d'au moins cinquante ans, aux tempes grisonnantes. Mais il était le portrait craché de Tom ! Tout en cet inconnu m'évoquait le jeune homme : sa carrure, les traits de son visage. Sauf que ses yeux durs et froids étaient aux antipodes de l'éclat taquin de Tom en ma présence. S'il me provoquait des frissons délicieux, le contact de cet autre individu me révulsait, rendant la ressemblance entre les deux hommes encore plus difficile à accepter.

Il m'avait fixée, tel un prédateur sur le point de dépecer sa proie. Mes sens malmenés, mon corps embroché et mon cœur lacéré ne se rendaient même pas compte de ce qui leur arrivait alors qu'un craquement sec avait retenti, mettant un terme à cette horreur.

Voilà peut-être pourquoi j'avais mal au cou. Parce que ce n'était pas la première fois que je me réveillais avec la nuque endolorie, surtout après avoir fait un cauchemar. Cela n'avait donc rien de nouveau, mais cette fois-ci, le niveau de la douleur était assez élevé. Il ne restait plus qu'à espérer que ça s'estomperait sans tarder.

Retour à la case départ, alors que je portai une main à mon visage pour essuyer le filet qui coulait au coin de mes lèvres. C'était d'un rouge carmin et d'un contact poisseux. Du sang. Pas le mien, puisque je n'étais pas blessée. S'agissait-il de la mixture que Tom m'avait forcée à ingurgiter ? La saveur prégnante de girofle tendait à le prouver. Comme à chaque fois après avoir perdu connaissance, il me restait cet arrière-goût infect dans la bouche au réveil.

Me lever ne fut pas chose aisée, étant donné que mes jambes ne me soutenaient pas au mieux. Je vacillais, mais parvins à me retenir aux montants du baldaquin, le temps de reprendre pied. Pour un peu, je me serais sentie comme le serait un zombie en état d'ébriété. Quelques pas chancelants furent nécessaires pour atteindre le lavabo, allumer l'éclairage d'appoint et m'asperger le visage ainsi que la nuque. Cette fraîcheur me fit du bien et m'aida à reprendre pied dans la réalité. De l'eau gouttait encore sur ma peau alors que je passais l'éponge grumeleuse et douce pour m'essuyer quand mon regard se posa sur l'étoffe grenat dont j'étais revêtue.

Allons bon ! Et une bizarrerie de plus à rajouter à une liste qui n'en finit plus de s'allonger !

Je n'ai jamais eu ce genre de nuisette en satin dans ma garde-robe. Pourtant, il fallait reconnaître qu'elle m'allait assez bien, avec une broderie élégante tout autour du décolleté, des manches courtes et au niveau de mes cuisses. Un ruban passait sous ma poitrine en un nœud qui soulignait les courbes de ma silhouette. Cette nuisette était jolie et sans excès. Mais d'où provenait-elle ? Et surtout, à quel moment l'avais-je donc revêtue ? Après avoir pris ma douche ? Pourtant, je me souvenais d'avoir mis un peignoir. Sans compter que Tom s'était fait un malin plaisir de me l'enlever... Une autre idée me vint à l'esprit, me faisant piquer un fard aussi sec.

Et si c'était lui qui m'avait revêtue de cette nuisette alors que j'étais inconsciente ? Non ! Il n'avait quand même pas osé faire ça !

Pourtant, ce comportement audacieux lui correspondrait assez.

À la lueur d'un nouvel éclair, je relevais la tête pour voir la silhouette d'un homme dans le reflet du miroir. Il se tenait derrière moi, adossé contre le lit, avec les bras croisés. Tom ? Bien sûr, le temps de me retourner, il n'y avait personne. Tout était allé trop vite, mais j'avais entraperçu son petit sourire provocant. Toutefois, la porte était entrouverte, alors qu'elle était fermée l'instant d'avant. Tom était-il revenu dans ma chambre ou bien serait-ce une invitation à le suivre ? Je décidais d'opter pour la seconde hypothèse.

Du reste, j'avais une palanquée de questions à poser à cet individu. Il ne fallait plus qu'il compte sur son charme pour espérer s'en sortir. J'exigerais des réponses claires et convaincantes ! Que m'avait-il fait boire contre mon gré ? Du poison ou un hallucinogène ? Parce qu'à chaque fois, je faisais des rêves étranges que je ne m'expliquais pas. Surtout, pourquoi me faisait-il ça ? Que me voulait-il ?

Une fois dans le couloir, l'absence d'éclairage m'inquiéta, mais le crépitement des éclairs fut un palliatif suffisant. Devinant une ombre qui se faufilait à l'extrémité gauche, je me précipitai dans cette direction. Ma chambre se trouvait dans la tour sud-est et me situait au-dessus de la bibliothèque. J'orientais donc mes pas vers l'escalier principal, à la poursuite d'un homme qui n'avait eu de cesse de jouer au chat et à la souris avec moi. Sauf qu'à présent, j'en avais marre de me prêter à ce petit jeu.

— Tom… Qui es-tu ? Pourquoi me fais-tu ça ?

L'espace d'un instant, je me sentis un peu stupide de parler toute seule, quand le jeune homme se fit entendre, mais sans que je parvienne à déterminer où il pouvait être.

— Mon aimée. Je suis désolé d'avoir dû en arriver là, mais il n'y avait pas d'autre façon de procéder. Il fallait que je le fasse.

— Mais faire quoi ? Explique-toi !

Sa voix était portée par un savant jeu de ricochet et d'échos qui me donnaient l'impression qu'il se déplaçait autour de moi, aussi furtivement qu'un chat aux pattes de velours.

— Tout à l'heure, le chevalier était sur la bonne piste te concernant. Le fait d'avoir un jour frôlé la mort l'a rendu moins hermétique que toi à certaines réalités.

— Comment ça ? Cette histoire de vie antérieure ? Mais ça ne tient pas debout ! C'est complètement impossible.

Un rire sans joie glissa sur mes épaules, comme si Tom était apparu soudain derrière moi.

— Et tu oses encore chercher à te raccrocher en vain à une quelconque rationalité avec tout ce que tu as vécu depuis que tu as remis les pieds à Montbrun ? Quelle ironie !

Il souleva mes cheveux et m'embrassa sur la nuque, me faisant sursauter. Je fis volte-face, mais le couloir était toujours aussi désert. J'atteignis l'escalier qui me ramènerait au rez-de-chaussée. Cependant, Tom semblait résolu à ne pas me laisser en paix pour autant.

— J'ai entendu ce que tu as raconté au chevalier. Tout. Depuis tes impressions de voir les lieux tels qu'ils étaient à mon époque, comme si tu y avais été. Le fait que tu connaisses les moindres recoins de ce château alors que tu dis toi-même n'y être jamais venue. Ton savoir inné des plantes médicinales ainsi que tes aptitudes au dessin. Tu aurais dû commencer à faire le lien avec les rêves que je te faisais voir. Tu devrais te souvenir de moi aussi bien que ta peau, tout à l'heure. Tu ne réalises toujours pas que nous nous sommes reconnus, à cet instant, quand je te tenais dans mes bras. Si belle et si douce, sur le point de t'offrir à moi. Après tout ce temps...

Un feulement sourd me saisit à ses mots, empreint d'un désir tel que mon corps y répondait en écho.

Tout en descendant les escaliers, j'eus soudain l'impression soit d'évoluer au ralenti, soit que de nouvelles marches étaient apparues sans raison. Le cœur battant à tout rompre, je tentais de rassembler les pièces d'un puzzle aux proportions démentielles, mais le lien m'échappait encore. Il me manquait toujours l'élément clé.

— Tom, tu me fais peur à parler comme ça.

— Arrête ! s'exclama-t-il. Cesse de m'appeler ainsi !

Sa voix claqua comme le tonnerre et me fit trembler.

— C'est pourtant ton nom, osais-je lui dire.

— Non et tu le sais ! Mon aimée, reprit-il plus doucement, je veux que tu m'appelles par mon vrai nom. Je veux à nouveau l'entendre de ta bouche. Je t'en prie. Je t'en supplie, Rose…

J'étais sur le point de lui dire que je ne lui connaissais pas d'autre nom, mais ma voix s'étrangla dans ma gorge. Ce n'était pas l'appréhension qui m'avait fait taire, mais une certitude qui avait germé en moi. Il avait raison. Il ne s'appelait pas Tom. Chaque fois que j'avais voulu le nommer, c'était avec l'impression singulière d'oublier de prononcer une syllabe et je devinais sa véritable identité, à présent. Sauf que je ne parvenais par à la dévoiler et le jeune homme s'en rendit compte.

— Allez, dis mon vrai nom… m'encouragea-t-il. Celui que ton âme connaît depuis toujours. Celui que ton cœur te hurle. Dis-le.

Sauf que le blocage était encore là, emprisonnant ma voix dans une poigne de fer. J'eus beau lutter, le souffle court et en proie à un vertige, mais rien ne sortait. Des spasmes agitaient le haut de mon corps alors que j'étais sur le point d'accepter tout ce que j'avais appris, aussi aberrant que cela puisse paraître.

— Tom… Thomas…

— Oui, mon aimée. Dis-le encore. Quel est mon nom ?

— Thomas de Montbrun.

Je n'arrivais pas à croire que je venais de dire ça…

Le jeune homme m'apparut alors au bas de l'escalier, non loin d'une fenêtre. Il me regardait avec un sourire triste.

— Et toi, ma douce, sais-tu seulement qui tu es ?

— Comment ça ?

— Tu as déjà accompli la moitié du chemin, mais je crains que le pire ne soit encore à venir.

12

Sur cette affirmation mystérieuse, Thomas me prit la main et m'entraîna dans son sillage. Nous traversâmes le salon principal. Celui où nous avions dansé quelques heures auparavant. Cela me semblait déjà si loin, à présent.

Deux portes se situaient de part et d'autre de l'imposante cheminée, toutes façonnées dans la même pierre. Celle de gauche, avec un encadrement arrondi en haut, donnait dans le bureau de la tour nord-ouest. Par contre, celle de droite ne laissait aucune place au doute, avec sa voûte romane caractéristique. Bien sûr, c'était vers celle-ci que mon énigmatique compagnon avait dirigé nos pas. Elle menait à la pièce dans laquelle j'avais catégoriquement refusé d'y remettre les pieds un jour : la chapelle.

La seule de tout le château qui avait échappé aux flammes.

Comme par hasard...

Thomas avait dû percevoir mon trouble, mais il ne s'arrêta pas pour autant, même si je traînais des pieds. Et puis je m'interrogeais sur le fait d'avoir à nouveau fait allusion à l'idée de revenir là, ce qui me semblait insensé. Ce que je tentais d'expliquer au jeune homme.

— Non, tu as raison, nota-t-il. Tu n'avais encore jamais mis les pieds ici. Du moins, pas dans cette vie, mais tu te souviens malgré tout de cet endroit que tu as arpenté dans ta précédente existence. Voilà pourquoi tu as une sainte horreur des chapelles et des petites églises. Ce qui n'a rien de surprenant, quand on y réfléchit à deux fois.

— Je ne me suis jamais expliqué d'où pouvait me venir cette crainte… À quoi peut-elle être due ?

Thomas s'était immobilisé face à moi et me fixait avec une gravité que je ne lui connaissais pas. Après un temps, il poussa un soupir chargé de regret avant de se tourner vers le battant de la porte, juste devant nous.

— C'est là que devrait tomber le voile te séparant encore de ta vie antérieure, dit le jeune homme tout contre mon oreille alors qu'il effleura mon visage. Maintenant que je suis sûr et certain que tu es celle que j'ai toujours voulu retrouver, j'ai le triste devoir de te révéler comment tu as péri autrefois. Ici même.

— Thomas, non...

Sans tenir compte de ma réticence, il ouvrit la porte et s'avança en me poussant presque pour me forcer à entrer. J'aurais pu me débattre pour me libérer, mais il me tenait d'une poigne ferme par les bras. Tout comme j'avais aussi l'impression qu'il avait accentué son emprise implacable sur mon esprit effrayé. Je compris alors que je ne pourrais rien tenter pour me soustraire à lui.

Il verrouilla derrière nous à seule fin de m'empêcher de fuir et ce geste me fit frémir d'une angoisse manifeste.

Le palier franchi, le tour des lieux pouvait être fait d'un regard, tant la pièce était petite. Rien à voir avec une véritable église et encore moins avec une cathédrale. Mais ce qui me mit mal à l'aise était que nous étions peut-être dans le seul endroit du château dont la disposition actuelle était raccord avec les visions du passé qu'il m'arrivait d'avoir. Sans oublier l'idée que Rosalyne ait pu périr ici. Un lieu d'ordinaire de prière et de recueillement... et non de mort.

Étonnant que la chapelle ait été la seule épargnée par les remous historiques, et ce depuis la seconde moitié du XVIIIe siècle. À croire qu'une tragédie a figé le cours du Temps à cet endroit.

Même si la pièce était encore très claire, en dépit du fait que l'unique éclairage extérieur provenait d'un petit vitrail situé sur la droite, je me sentais déjà oppressée. Mal à l'aise. L'autel épuré occupait la place centrale, sans rien dessus. Contre le mur, des peintures liturgiques faisaient office de parure ornementale, avec des chandelles qui brûlaient ici et là, conférant une atmosphère étrange. Allumées par qui, d'ailleurs ? Par l'opération du Malsain Esprit ?

Nous nous avançâmes vers l'autel et, si je n'avais pas eu aussi peur, j'aurais presque cru que cet homme me conduisait à nos noces.

Des noces macabres, à n'en pas douter.

À défaut de cérémonie, nous restâmes ainsi, debout l'un à côté de l'autre. Malgré l'envie qui m'avait saisie de déguerpir le plus loin possible, je devinais à la force que Thomas exerçait sur mes bras qu'il n'avait pas l'intention de me laisser partir. Pourtant, il ne me faisait pas mal. Il porta une main dans le col de son polo pour en extraire un flacon ouvragé suspendu à une cordelette en cuir sombre. Je vis la fiole dont il m'avait fait boire le contenu de force. À mon regard déconcerté, il sut que j'avais reconnu l'objet.

— C'est une potion que j'ai préparée à partir des livres de sorcellerie dans l'herboristerie. Comme quoi, c'était une bonne idée d'acquérir ces livres modernes.

— Et il y avait quoi dedans ? Pas du poison, j'espère.

— Non, quand même pas. En revanche, elle contient différentes plantes séchées qu'il a fallu faire macérer dans un adjuvant quelque peu… particulier. Mon sang.

Je portais une main à ma bouche, en me remémorant la sensation qui en avait résulté. La torpeur qui m'avait saisie alors, sans parler des visions. En particulier les dernières, les plus horribles et dont je peinais encore à me souvenir.

— Pourquoi m'avoir forcée à boire ça ? Tu voulais me droguer ?

— Te rappelles-tu, quand je t'ai embrassée pour la première fois derrière le château ? Je t'ai parlé d'une strate mémorielle que nous n'avions pas abordée. Il s'agissait de la mémoire du sang. Elle permet de tout savoir de quelqu'un. Il n'est pas question d'empreinte génétique, mais de tout ce qui concerne une personne. Ce n'est pas une magie qui soit donnée à tout un chacun de maîtriser, mais j'espérais pouvoir y faire appel pour aider les souvenirs à remonter à la surface.

— C'était donc ça, les hallucinations que j'ai eues ? Dès que tu me faisais boire ton sang, je voyais ton passé ?

— Notre passé, à Rosalyne et moi. Reprenons le cours du rêve.

Je n'en avais pas la moindre envie, mais Thomas était résolu à me le faire revivre. Il entoura ma taille de son bras et m'appuya la tête contre son épaule, tandis qu'il effleurait mon front du bout du doigt. À ce contact, des images mentales m'apparurent pendant qu'il parlait.

Après l'intervention pratiquée pour sauver Thomas, celui-ci contracta une brusque fièvre ainsi que d'autres symptômes allant de douleurs abdominales, des nausées jusqu'à des pertes de conscience. Pour le comte, le constat avait été sans appel : quelqu'un venait d'empoisonner son fils unique.

Or, une seule personne avait approché le jeune homme depuis qu'il avait été attaqué : Rosalyne. Alors que son patient était évacué en urgence pour être conduit à l'hôpital de Limoges, le comte trouva la guérisseuse et la fit mettre aux arrêts. Elle fut enfermée dans l'oubliette située juste au-dessus de la chapelle. Pendant des heures, elle fut sommée d'avouer, mais elle s'obstinait à réfuter ces accusations, clamant son innocence. Les interrogatoires s'étaient succédé à un rythme effréné durant plusieurs jours.

Pendant ce temps, Thomas ignorait tout des sévices qui étaient infligés à la jeune fille. Il avait été pris en charge rapidement et le médecin administra un antidote qui s'avéra efficace, même si Thomas était encore dans un grand état de faiblesse après ce qu'il avait enduré, entre l'embuscade et l'empoissonnement dont il avait été victime. Dans ce laps de temps, il fut informé de la bonne cicatrisation de ses blessures, le travail appliqué de Rosalyne avec des points de suture aussi nets y était pour beaucoup. Il se rétablissait de façon satisfaisante et avait déjà hâte de retrouver celle qu'il aimait.

Une nuit, Thomas s'était réveillé d'un cauchemar. Un de ceux qui le laissaient éperdu, avec l'image de l'ange de la Mort fauchant la vie de Rosalyne.

— Si seulement j'avais su ce qui se passait, poursuivit Thomas, j'aurais agi différemment et je serais retourné le plus vite possible au château. Si je n'avais pas autant tardé, j'aurais peut-être pu la sauver.

L'émotion qui étreignait la voix de Thomas me serra le cœur. Pour avoir écouté l'histoire racontée par Marthe, cela m'attristait d'autant plus que je savais comment elle allait finir.

Il passa une main tremblante dans mes cheveux et en respira le parfum, comme si ma seule présence à ses côtés lui donnait la force de poursuivre cet effroyable récit.

— En plus de ces cauchemars, j'avais la certitude que quelque chose n'allait pas et qu'il fallait que je reparte. Une semaine s'était passée et j'étais guéri de cet empoisonnement. Ce qui n'a pas empêché les médecins de vouloir me garder sur place encore plus longtemps. J'en eus assez de tourner en rond comme un loup en cage, alors je me suis enfui durant la nuit. Personne n'avait pris le risque d'essayer de me rattraper et j'ai pu retourner à Montbrun au triple galop. (Sa voix s'étrangla.) Je voulais à tout prix savoir si Rosalyne allait bien et voir mon père pour lui expliquer la situation. Mais les domestiques me révélèrent ce qui était advenu en mon absence. Que ma bien-aimée avait été accusée d'avoir comploté pour me tuer. C'était aberrant ! Elle m'aimait et aurait préféré mourir plutôt que d'attenter à ma vie ! Et quand j'ai insisté pour voir mon père, personne ne m'a répondu. Je l'ai cherché partout et j'ai fini par arriver dans la chapelle. Mais il était déjà trop tard.

À ces mots douloureux, je portais une main à mes lèvres pour réprimer l'émotion qui m'étreignait à l'instant où Thomas s'apprêtait à me raconter le pire instant de sa vie.

— Ils étaient là, tous les deux. Rosalyne était étendue sur l'autel. Morte. Je ne pouvais pas croire qu'une telle monstruosité avait pu se produire. En me voyant, père s'était réjoui que je sois de retour, mais ça sonnait faux. C'était évident qu'il n'était pas ravi de mon arrivée impromptue. J'étais éperdu. Il fallait que je sache ce qui s'était passé ! Il m'a dit avoir sorti Rosalyne du cachot pour la conduire ici avant qu'elle ne soit emmenée au tribunal où elle serait torturée en prélude à son jugement. Soi-disant pour lui donner l'occasion de confesser son âme pécheresse. Sauf que ce n'était pas ça du tout. Il a tenté de me faire croire qu'il l'avait surprise à invoquer le démon pour que je succombe à mes blessures. Celles-là qu'elle avait mis tant d'efforts à soigner ! Il a prétendu que le Diable lui-même avait tué sa putain afin qu'elle ne révèle rien du pacte qu'elle avait passé avec lui. Ma Rosalyne n'était pas une sorcière ! C'était une innocente, une enfant de la nature qui ne cherchait qu'à soigner les gens malades. Il avait faussement accusé le seul amour de ma vie et l'a conduite à la mort uniquement pour me faire souffrir et nous séparer à jamais. Mon père a tenté de me raisonner, mais je ne voulais rien entendre de ses mensonges et de sa perfidie. J'ai donc emporté mon aimée en maudissant mon géniteur et ce château à tout jamais, jurant de les conduire dans les abymes les plus noirs. Puis, je suis parti de Montbrun sans même un regard en arrière. Si tu savais, Rose, à quel point j'ai haï mon père d'avoir anéanti la seule personne qui avait illuminé ma morne existence et qui m'avait redonné la joie de vivre. Tu n'imagines pas jusqu'où j'ai pu aller afin d'obtenir le pouvoir d'exercer ma vengeance. Pour toi, j'ai vraiment renoncé à tout. J'ai tout renié, y compris mon humanité.

Thomas me toucha le front et la légère torpeur qui m'avait saisie un peu avant m'emporta de nouveau.

Les ténèbres étaient partout cette nuit-là. Dans le ciel où nulle étoile n'osait briller, mais aussi dans le cœur d'un jeune noble qui portait la dépouille sans vie de la femme qu'il aimait de toute son âme. Sa douleur était telle qu'il ne sentait plus le poids de son triste fardeau alors qu'il errait sans but.

Sans s'en rendre compte, il était arrivé au niveau des ruines qui se tenaient derrière le château. L'endroit même où il avait embrassé Rosalyne pour la toute première fois. Là où il avait vécu l'un des moments les plus heureux de sa vie. À travers ses larmes, Thomas constatait, non sans surprise, que la grille métallique était grande ouverte, alors qu'il ne l'avait jamais vue autrement que fermée à double tour. Une invitation à franchir le pas. Y compris quand des torchères s'embrasèrent à son passage. L'endroit sourdait d'un pouvoir qui lui était inconnu, ancestral et puissant.

Là, Thomas assembla un bûcher où il allongea le corps de Rosalyne. Nonobstant la cuisante morsure des épines sur ses mains, il cueillit une brassée de roses alizarines qu'il disposa en un bouquet sur son amante. Il laissa tomber quelques gouttes de son sang sur les fleurs en faisant le serment de retrouver un jour sa bien-aimée. Peu importe le temps qu'il faudrait attendre pour ne plus jamais la quitter. Après l'avoir contemplée une toute dernière fois, il mit le feu aux branches fines. Les flammes, d'abord délicates, gagnèrent de l'ampleur et ne tardèrent pas à dévorer la frêle construction pour s'élever vers les cieux obscurcis.

À genoux, Thomas laissa libre cours à la souffrance qui lacérait son cœur. Quand la colère prit le pas sur le chagrin, il serra les poings de toutes ses forces en invoquant les pouvoirs les plus obscurs qui puissent exister. Une litanie lui vint à l'esprit. Des mots qui lui étaient inconnus, mais qu'il n'avait de cesse de psalmodier : « Pulchram rosam est. Quidemes, O Aeternum, hoc sanctae foedus amororis non solum étiam délicias et hoc non hàbére finis. »

Sa voix vibrait d'une énergie farouche alors qu'il était prêt à faire n'importe quoi afin d'obtenir le pouvoir d'exercer sa sombre vengeance.

En cette nuit, Thomas de Montbrun en était arrivé à marchander avec la Mort elle-même. Au prix de son âme.

En imaginant le jeune homme à genoux devant le bûcher ardent qui annihilait celle à qui j'avais pris l'habitude de visualiser avec des traits semblables aux miens, je frémis d'une frayeur à peine contenue.

Thomas me tenait toujours contre lui, les bras autour de moi, mais il ne se dégageait aucune chaleur de cette étreinte. Il me paraissait ailleurs, hors du temps, comme s'il revivait ce moment tragique.

Tremblante, je posais la paume de mes mains contre sa poitrine pour me reculer un peu et levais un regard inquiet vers ses yeux gris où le noir prédominait. S'il ne m'avait jamais autant fait peur, j'aurais prêté plus attention au détail infime, mais d'une importance capitale, que le contact avec le torse de Thomas venait de me faire découvrir. Sauf que dans l'émotion de l'instant, cela m'avait échappé.

— Qui es-tu, Thomas ? Qu'es-tu donc devenu ?

Après un bref moment d'hésitation, il me scruta avec un étonnement qui me provoqua un frisson le long du dos.

— Je croyais que tu l'aurais compris par toi-même.

— Comment ça ?

— Rose… Je suis un vampire.

13

Non, je ne m'étais pas attendue à ça.

En y regardant à deux fois, cet homme aussi magnifique que charismatique ne ressemblait en rien au terrifiant Nosferatu du film expressionniste de F.W. Murnau de 1922. Changeait-il de visage pour révéler son faciès démoniaque, comme dans la série télé *Buffy contre les Vampires* ? Rien n'était moins sûr… Tout comme j'étais incertaine des intentions de Thomas à mon égard, à présent que je savais la vérité le concernant. Ou cherchait-il à me berner ?

Il me dévisagea, non sans surprise.

— C'est étrange comme tu as l'air de bien le prendre.

Un sourire narquois me vint, tant cette idée paraissait absurde.

— Peut-être parce que je n'y crois pas une seconde. Ça te ferait dans les trois cents ans ? On ne le dirait pourtant pas en te voyant.

— J'ai trente ans… à deux cent trente-cinq près. Je sais que je ne fais pas mon âge. C'est grâce à une bonne crème de jour hydratante.

— Voilà pourquoi je ne te crois pas ! m'esclaffais-je. Si tu étais réellement un vampire, tu aurais été plus crédible en utilisant une crème de nuit. Parce que là… Et puis, tu es moins pâle que je n'aurais imaginé. D'habitude, tes congénères ne sont-ils pas atteints d'une carence flagrante en bêta-carotène ?

Et puis surtout, ces créatures des ténèbres n'étaient pas censées pouvoir se balader en plein jour. Or, je l'avais rencontré au beau milieu de l'après-midi, à l'extérieur du château.

N'oublie pas qu'il cherchait à fuir la lumière du soleil, me rappela une petite voix fourbe. *Il t'avait parlé de la porphyrie.*

— Dans les faits, comment es-tu devenu un… Enfin, je veux dire… Ça s'est passé comment ?

Thomas haussa les épaules à me voir m'emmêler les pinceaux.

— Va donc savoir. Je ne me suis pas trop penché sur la question depuis que c'est arrivé. La vérité, c'est que j'ignore tout du processus en lui-même. À l'inverse, du côté de la culture populaire, les romanciers et les scénaristes ont eu plus d'imagination. Je dois faire figure de dissident. Et comme je n'ai toujours pas reçu la moindre plainte émanant du syndicat des suceurs de sang, j'ai appris à me satisfaire de la situation, à défaut de la comprendre. Une condition dont les causes me sont inconnues et dont je subis les conséquences depuis deux siècles. Ce qui ne m'a apporté que les ténèbres, la solitude et le néant.

Ces derniers mots me glacèrent.

Il allait finir par me convaincre.

— Contrairement aux croyances populaires, je n'ai pas les dents pointues et ne crains pas la lumière du jour, même si ce n'est pas ce que je préfère. Cela restreint mes pouvoirs. Quant aux effets du soleil sur ma peau, je ne t'ai pas menti. Le nom de cette maladie me permet de dissimuler ma nature avec une explication rationnelle. J'ai d'ailleurs cherché à attirer ton attention en te révélant le sobriquet dont on l'a affublée... avec raison. Et ne va pas t'imaginer que j'ai pour habitude de dormir dans un cercueil moisi planqué à la cave. J'aime mieux occuper mon ancienne chambre. Le lit y est plus confortable.

Pourtant, je me posai une palanquée de questions, en partant du principe qu'il m'avait dit la vérité. Ce dont j'avais peine à croire.

— Et pour ce qui est des trucs habituels, comme l'eau bénite, les crucifix ou encore les gousses d'ail ?

— Tu avoueras que la consommation d'ail n'est pas trop indiquée avant un rendez-vous galant. L'eau bénite ne me fait ni chaud ni froid. Idem pour les crucifix. Je suis très même attaché à celui-ci, fit-il en exhibant un élégant chapelet orné d'une croix en argent entourant son poignet. Il appartenait à ma mère.

Okay... Les clichés en prennent pour leur grade.

J'aurais aimé en savoir plus sur certains points concernant la légende, mais Thomas était bien décidé à en revenir au sujet initial.

— Comme je te l'ai déjà expliqué, poursuivit-il, la magie du sang peut être puissante. Par contre, elle ne l'est pas autant pour un être humain que pour un vampire. Normal, puisque notre nature nous permet de déceler une infinité d'informations à partir du sang que nous buvons.

Ces mots me firent trembler à mesure qu'ils s'imprimaient dans ma conscience. Sans doute une façon de réaliser qu'il ne me mentait pas. Il se nourrissait vraiment du sang d'êtres humains. Quitte à les tuer ? La nature prédatrice de Thomas se révéla enfin à mes yeux et me tétanisa. Ce qui ne l'empêcha pas de continuer ses explications.

— Je t'ai administré un peu de mon sang. Ça a au moins suffi pour que tu revoies en rêve le passé que nous avions partagé, moi et celle que tu as été jadis. Tu ressembles beaucoup à Rosalyne, tu sais. Non seulement au niveau de l'apparence, mais aussi de l'esprit. L'aura émanant de votre âme est identique et c'est ce que j'ai fini par reconnaître en toi. Il s'en faudrait d'un rien pour que la frontière soit abolie avec ton existence antérieure. Pour cela, je devrais t'obliger à revivre la mort de mon aimée, mais je ne peux pas m'y résoudre.

— Parce que tu ignores comment elle a péri.

— Non, je sais très bien ce qui s'est passé. C'est arrivé après avoir conduit l'assaut sur Montbrun, au moment de la Révolution. Peu m'importait ce que deviendraient ces lieux, car une seule chose comptait alors. J'ai retrouvé mon père qui tentait de fuir grâce aux passages secrets du château. Dommage que je les connaisse mieux que lui. Je l'ai traîné jusqu'à la chapelle où j'ai verrouillé la porte. Seul face à moi, il allait devoir m'avouer ses crimes.

— Et il l'a fait ? Il t'a tout révélé ?

— Non. Au départ, il s'était muré dans un mutisme qui a cédé quand j'ai commencé à le torturer. Et pas qu'un peu. Autant dire que sa voix lui est vite revenue. C'est lui qui m'avait administré un poison dans le verre de malvoisie qu'il m'avait servi après que je me sois réveillé des soins que j'avais reçus. C'était bizarre parce que mon père n'avait jamais eu ce genre d'attention à mon endroit. Mais ce vin liquoreux a toujours été mon préféré et je n'ai pas pu résister à la tentation. Un mauvais pressentiment m'avait effleuré, mais je n'en ai pas tenu compte. En elle-même, la dose de poison n'était pas suffisante pour me tuer, mais assez pour me rendre malade et me faire conduire ailleurs. Il devait m'éloigner, car je n'étais pas sa véritable cible.

— Mais alors, qui visait-il ?

— Ce salaud en avait après Rosalyne. Depuis des semaines, il brûlait de la posséder. Un désir lubrique qu'il voulait assouvir à tout prix. Il fallait qu'elle lui appartienne, mais je le gênais dans ses plans. Il m'a donc évincé. Quand mon aimée fut mise aux arrêts, il ne s'était jamais retrouvé seul en sa présence durant les interrogatoires. Elle était constamment sous bonne garde. Sauf…

— Quand il l'a emmenée ici, dans la chapelle ?

Thomas s'était rembruni et opina avec gravité. J'avais remarqué que quand ses émotions étaient aussi sombres, ses pupilles se dilataient à des niveaux différents. À certains moments, on aurait pu croire qu'il avait les yeux d'un noir d'encre.

— C'était comme quand je l'y avais entraîné moi-même. Il était enfin seul avec celle qu'il convoitait, et je n'étais pas là pour l'empêcher… À travers le sang de mon père, j'ai tout su dans les moindres détails. Et toi aussi, tu t'en souviens, Rose. Dans tes cauchemars, tu revois comment tu as péri de ses mains.

En réprimant un soubresaut d'effroi, des images de ce rêve atroce me revinrent en mémoire. Dès lors, je savais ce qui s'était passé. Quand je m'étais réveillée en sursaut, j'avais vu ce que le comte avait infligé à cette jeune fille. Je l'avais subi et chaque perception restait gravée dans la partie mutilée de mon esprit.

— Seigneur… Il l'a violée avant de la tuer ?

La gorge trop nouée pour que les mots puissent s'en échapper, Thomas hocha la tête en me regardant dans les yeux. Il hésita, incertain de ce qu'il était sur le point de faire, mais il se fit violence pour passer aux actes. Le jeune homme me souleva dans ses bras et me porta jusqu'à l'autel sur lequel il m'allongea avant de s'étendre à mes côtés. Le contact du marbre froid m'arracha un glapissement, mais je ne pris vraiment peur qu'au moment où Thomas se pencha au-dessus de moi, en appui sur ses mains. L'espace d'un instant, ma vue se brouilla et se mêla aux visions issues de mes cauchemars.

— Normalement, je devrais te faire revivre la mort de Rosalyne. Mais je ne veux pas te prendre de force et encore moins te contraindre à un tel supplice. Ce monstre a profané ma bien-aimée ! Il a osé souiller son corps et son âme de toute sa perversion ! Mais il a découvert qu'elle n'était plus vierge et ça l'a mis dans une rage folle. Il lui a alors brisé le cou d'un seul geste.

Je visualisais mieux la scène horrible dont j'avais rêvé. En me racontant cela, Thomas n'avait fait que me révéler l'origine de mon malaise dans les toutes petites églises ainsi que de ces douleurs qu'il m'arrivait d'avoir au cou en me réveillant le matin.

Dire que Nathaniel avait eu raison avec son idée qu'un traumatisme actuel ferait référence à la façon dont on serait mort dans sa vie antérieure. On est en plein dedans !

— Comment sais-tu tout ça ? Parce que le comte a avoué ?

— C'est son sang qui m'a tout révélé. J'étais déterminé à exercer la vengeance que je m'étais promise en partant d'ici. Les flammes de la Révolution ont emporté le château dans les ténèbres, comme je le souhaitais. Mais pour mon père, il n'y avait que moi qui pouvais revendiquer sa vie, car j'avais le pouvoir de le faire payer au centuple tout le mal qu'il avait fait. Il fut ma toute première victime. J'ai eu un plaisir indicible à le saigner à blanc. Ici même, sur cet autel.

Les mots de Marthe m'étaient revenus en mémoire : « *Il aurait assassiné son père dans la chapelle pour venger la mort de sa bien-aimée. Il l'aurait laissé se vider de son sang. Voilà telle est l'histoire telle qu'on la raconte dans les environs.* »

Ainsi, Thomas de Montbrun l'avait réellement supprimé. Par vengeance. C'était aussi hallucinant que terrifiant. Et puis surtout…

— Que vas-tu faire de moi, maintenant ? Me tuer ?

Sans dire un mot, il prit une mèche de mes cheveux dont il inhala le parfum. La noirceur de ses yeux diminua un peu et le gris argenté de l'iris réapparut.

Il se redressa pour s'asseoir sur les talons et m'incita à en faire de même. Nous nous retrouvâmes ainsi, face à face. Il gardait mes mains dans la sienne alors que l'autre me tenait par l'arrière du cou. À travers sa peau, il sentit que je tremblais d'une crainte à peine réprimée. Son visage se para d'une expression affligée qui m'étreignit le cœur. Voir que j'avais peur de lui était au-dessus de ses forces. Ses iris argentés prirent un éclat singulier qui me fascina… dans tous les sens du terme. Si j'avais eu pleinement conscience de l'instant, j'aurais compris qu'il était en train d'exercer son influence pour me garder sous son pouvoir impérieux tandis que ses yeux capturaient mon âme affolée. À mon plus grand étonnement, je retrouvais un certain calme. Thomas m'avait peut-être hypnotisée.

Venait-il de me prendre au piège de sa volonté ou de m'ôter la force de fuir ? Pourquoi me sentais-je si désarmée face à lui ?

— Non, ma douce. Il est hors de question de te faire subir l'horreur qui a précédé ton meurtre. Mais j'ai trouvé une alternative pour abattre ce qui te sépare encore de ta vie antérieure.

Au lieu de m'expliquer quoi que ce soit, il lâcha un bref soupir.

— *Pulchram rosam est. Quidemes, O Aeternum, hoc sanctae foedus amororis non solum étiam délicias et hoc non hàbére finis*, murmura-t-il en me caressant un peu rudement la nuque.

Tout en répétant cette formule étrange, il se rapprocha jusqu'à ce que son corps soit tout contre le mien. L'action de son regard et de sa voix grave avait accentué ma torpeur, à la limite de la transe.

— Il existe une autre façon de faire remonter l'âme de Rosalyne à la surface. La bonne nouvelle, c'est que je n'aurai pas à te rompre le cou pour cela et la méthode pourrait même s'avérer agréable pour toi.

— Et la moins bonne ? Car il y en a toujours une, pas vrai ?

Thomas tiqua en signe de confirmation.

— Mieux vaut que tu n'en saches rien. Mais je ne veux pas te faire souffrir, sois-en assurée. La douleur sera brève.

Sur ces mots énigmatiques, il fondit sur moi. Me retenir tout contre lui, prisonnière de son aura devait avoir exacerbé ses instincts. Quand je tentais de protester et de me dégager, il scella mes lèvres d'un baiser brusque et passionné.

— Maintenant que je t'ai enfin retrouvée, mon aimée, il n'est plus question que l'on puisse nous séparer de nouveau... pas même la Mort, me dit-il animé d'une volonté farouche.

Il ne ressemblait plus à l'homme que j'avais rencontré dans la journée. Comme s'il avait laissé la place à une autre part de lui-même. Animale, insatiable, et prête à céder à ses seules pulsions. À en croire le regard qu'il posait sur mon cou et mes épaules, il repérait d'instinct où veines et artères circulaient sous ma peau. C'était encore plus intimidant que quand je m'étais retrouvée nue devant lui.

Je savais pertinemment ce qu'il était advenu de lui, ce qui ne m'empêchait pas d'avoir le courage de le désirer malgré tout. Quand bien même cet élan s'avérerait fatal. Étais-je devenue folle ?

Comme s'il avait entendu mes pensées, Thomas m'étreignit avec impatience. D'une main douce, il fit glisser une manche de ma nuisette et quand il me mordit l'épaule, j'étouffais un cri. Son geste fut suffisant pour m'immobiliser. Il desserra les dents sur ma peau et me lécha délicatement pour apaiser la douleur. Ses baisers arpentaient mon cou comme s'il s'agissait d'un territoire à explorer voluptueusement. Il posa son pouce sur l'artère qui palpitait au creux de ma gorge tout en la fixant avec convoitise.

— Tous les aspects de la légende des vampires ne sont pas fictifs, murmura-t-il d'une voix âpre. En voici la preuve. Tu n'imagines pas à quel point la soif de sang peut nous rendre fous. À quel point la sensation d'une autre essence vitale courant dans nos veines est étourdissante. J'ai non seulement envie de toi, mais aussi de te goûter. Pour savoir si ta saveur serait exquise, comme ta fragrance. Mais si jamais je me laissais aller, je ne pourrais ni résister à une si douce tentation ni m'arrêter à temps. Es-tu sûre de vouloir faire face ? Parce que depuis que tu es là, je lutte contre l'envie de te sauter à la gorge autant que celle de te faire mienne. Je te désire, Rose… corps et âme.

La facette du vampire se précisait de plus en plus, à présent que j'en prenais conscience, à la fois féroce et impétueuse. L'intensité du regard que Thomas fixait sur moi en disait long : une faim dévorante l'avait embrasé, intégralement, avec une sensualité à fleur de peau qui était sur le point de me faire passer de captivée à tout simplement capturée. Ce qui ne s'arrangea guère alors que le jeune homme se pencha, ses lèvres ourlées effleurant ma joue, tout près des miennes. Tentation enivrante, quasi irrésistible, d'embrasser le détenteur d'un sourire aussi troublant. Il ne suffisait que d'un tout petit geste, mais je refusais encore de m'y résoudre, en dépit de ma détermination qui avait tendance à s'étioler à vitesse grand V. Et si je ne me décidais pas, il y avait fort à parier qu'il le ferait pour moi.

Comment pouvais-je espérer garder mon sang-froid ?

— Je sais ce que tu veux… soufflais-je, troublée.
— Et tu en as autant envie que moi, murmura-t-il tout près de mon oreille. Inutile de le nier, car je le sens.

Sa voix, qui avait chuté d'un ton, me fit frissonner.

— Thomas, je… grimaçais-je.

Je venais de m'entailler le bout des doigts au bord de la surface anguleuse de l'autel.

Thomas me saisit la main et constata l'apparition de perles écarlates sur ma peau. Il glissa mes doigts blessés entre ses lèvres douces en fermant les paupières et un frisson s'empara de lui. Quand il me fixa à nouveau, le vampire avait pris le dessus : ses yeux étaient devenus complètement noirs. Avant que je puisse esquisser le moindre geste, il passa l'un de ses bras derrière mon dos assez fort pour me maintenir avec les mains coincées entre nous. Il m'empoigna ensuite les cheveux pour me faire pencher la tête sur le côté, en la basculant vers l'arrière. Le fait d'y avoir goûté avait rendu l'appel de mon sang irrépressible et poussait Thomas à franchir le pas. Il nicha son visage dans mon cou pour s'enivrer de mon odeur.

— Tu es aussi douce que du miel, feula-t-il avec gourmandise.

Thomas frémit à cette perspective alléchante avant de poser les lèvres sur ma gorge. Je fermais les yeux tandis qu'il plongeait ses dents acérées dans ma chair. Je n'avais lâché aucun cri en dépit de la douleur aiguë qui me déchira. Une souffrance incandescente qui se propagea dans mon corps, au point de ne plus pouvoir bouger ni hurler. Mes mains s'étaient crispées contre le torse de Thomas. Au contact de sa bouche, ma peau lacérée s'était ensuite insensibilisée. Les bras qui m'enserraient me semblaient aussi solides que l'acier. La langue de Thomas s'immisça dans la plaie et il se mit à boire avidement. Je pouvais percevoir le sang drainé hors de mon corps en de longues gorgées ainsi que la peau mutilée de mon cou qu'il suçait entre ses lèvres. Plus le vampire se repaissait de moi et plus les ténèbres s'épaississaient, jusqu'à me faire perdre connaissance. Seul un soupir rauque m'échappa au moment de m'abandonner contre lui.

« *Pulchram rosam est. Quidemes, O Aeternum, hoc sanctae foedus amororis non solum étiam délicias et hoc non hàbére finis.* »

Encore cette mélopée envoûtante qui m'appelait, tel un mantra. Dans mon état d'épuisement, j'étais étonnée d'être en mesure de rouvrir les yeux et compris que Thomas m'avait allongée à plat ventre sur l'autel. J'étais trop affaiblie pour lui opposer la moindre résistance. Il s'assit à califourchon sur mes cuisses et se pencha pour embrasser mon épaule dénudée. La sensation de son poids sur moi me fit chavirer, mais je fus prise d'un frisson de frayeur.

Le vampire me scruta avec un petit sourire ambigu.

— Non, mon aimée, je n'en ai pas encore terminé avec toi.

— J'ai peur… soufflais-je.

— As-tu peur de moi ?

— De souffrir.

— Tu n'as rien à craindre. Je ne te ferai jamais mal. Quant à la douleur, elle n'en sera que plus exquise. Je te le promets.

Puis, il me massa la nuque en entonnant la litanie en latin qui me faisait perdre tous mes moyens.

— On y est presque, mon aimée. Je vais faire en sorte que ça te plaise.

Sur ces mots, il se rallongea sur mon corps. Au contact étroit de ses hanches contre moi, il tenait à me faire sentir l'étendue de son désir. C'était troublant. D'autant plus que j'étais persuadée que si Thomas avait pu aussi me faire l'amour dans la foulée, il ne se serait pas gêné. Toutefois, il avait cédé à d'autres appétits, à son instinct qui le poussait à se nourrir encore de moi. Il lécha le filet de sang qui coulait sur mon épaule avant de me mordre de nouveau à la gorge, m'arrachant un gémissement étouffé.

Juste avant que l'obscurité me submerge, une petite phrase me vint à l'esprit. Un ultime aveu à formuler, en secret.

Je t'aime, Thomas.

Le vampire se figea, déconcerté, et se remit à boire longuement.

Il s'abreuvait de ma vie.

Sans aucune retenue.

La perte de sang fut si rapide que mon organisme avait conscience de l'agression qui mettait mon existence en péril. Je m'affaiblissais de plus en plus et me sentais mourir, surtout à l'instant où mon souffle s'interrompit, précipitant la dislocation de mon esprit. Mes perceptions se réduisirent à la seule pulsation de mon cœur dont le rythme ralentissait inexorablement en me rapprochant du néant.

Finalement, Héraclite D'Éphèse avait eu raison de dire que ce qui attend les êtres humains après la mort n'est ni ce qu'ils espèrent ni ce qu'ils croient.

14

Si c'était ça le paradis (ou l'enfer, vu que je ne savais pas encore où j'étais), je ne m'étais pas attendue à ce que ce soit aussi lumineux. Mais après que mes yeux se soient accoutumés à cette lueur, je compris que j'étais simplement étendue dans un grand lit à baldaquin, dans la chambre du château où j'avais été installée pour la nuit.

Comment se fait-il que je ne sois plus dans la chapelle ?

Mon esprit était embrumé et je me sentais encore très fatiguée. À tel point que, durant mon sommeil, j'avais eu l'impression de commencer à dériver vers des horizons éthériques paisibles, mais une main ferme et douce avait saisi la mienne pour m'aider à rester ancrée à mon corps affaibli.

Jamais je n'avais autant cru être sur le point de me perdre. Et plus encore quand j'avais erré entre deux eaux ; entre la vie et la mort, entre la nuit et le jour, entre le passé et le présent. J'avais fui à travers les ténèbres, éperdue, parcourant un vieux pont suspendu au milieu de nulle part. Une silhouette m'attendait au bout, mais je prenais peur et rebroussais chemin. Sauf que cet homme était arrivé de l'autre côté avant moi ! C'était à n'y rien comprendre. Jusqu'à ce que les nuages se dissipent et révèlent les traits de Thomas qui m'attendait. Libérée de ma frayeur, je me hâtais pour le rejoindre… et je m'étais réveillée.

Quoi que je fasse et où que j'aille, mes pas me conduiraient immanquablement à lui.

Les vestiges de l'aube m'étaient apparus à travers la fenêtre en cette bienheureuse promesse d'un jour nouveau.

La porte de ma chambre s'ouvrit sur Thomas qui pénétra dans la pièce. La beauté de cet homme l'auréolait d'un éclat singulier qui me toucha au cœur. Cette fois, il portait une chemise blanche et un jean délavé. Ces vêtements clairs lui allaient à merveille, créant presque un contraste avec l'entité ténébreuse que j'avais côtoyée cette nuit.

Il tenait un poing serré contre sa poitrine et laissa glisser les doigts de son autre main sur l'étoffe des draps tandis qu'il s'approcha de moi, un léger sourire aux lèvres. J'eus un mouvement de recul, mais rien dans son attitude ne reflétait la moindre menace. Il paraissait serein. Il posa une paume douce sur la mienne, alors que j'étais encore dans la crainte, puis il soupira avec amertume.

— Je suis désolé, Rose. Ce n'est pas comme ça que ça aurait dû se passer et je m'en veux terriblement d'avoir agi ainsi.

— De… De quoi parles-tu ?

— J'ai commis une grave erreur et il n'est pas juste que ce soit toi qui en subisses les conséquences, alors que tu n'as rien fait de mal. Tu es une innocente et je n'avais aucun droit de m'en prendre à toi de cette façon.

D'une main douce, il effleura mon front et caressa les mèches de mes cheveux.

— Rose, laisse-moi réparer mes torts et espérer que tu m'accordes un jour ton pardon… même si je ne le mérite pas.

J'allais émettre une objection quand il se pencha vers moi pour m'embrasser. Un baiser tendre et empreint d'une adoration respectueuse qui me bouleversa.

Il me contempla tout en enroulant une mèche de mes cheveux au bout de son doigt. Si le geste était doux, son expression ne révélait qu'un immense regret.

— Ne t'en fais pas pour ce que je t'ai fait. Tu devrais récupérer assez vite. C'est d'ailleurs pour ça que je suis là.

Sur ces mots, il ouvrit le poing pour montrer une lumière dorée qui brillait avec vivacité dans sa paume qu'il fit basculer au-dessus de ma poitrine. La lueur s'y déposa et il appliqua sa main pour qu'elle s'y niche jusqu'à disparaître en moi. C'était d'une chaleur douce et radieuse. À l'image de la vie. Un bien-être apaisant m'envahit alors que Thomas me chuchota à l'oreille :

— Moi aussi, je t'aime, et je veux pouvoir me montrer digne de ton amour.

Après un dernier baiser qui me rendit toute chose, il sortit de ma chambre sans que je puisse le retenir. Il passa à nouveau près de la fenêtre où filtraient les rayons du soleil. La lumière du matin lui donnait une aura mystérieuse et cela m'étonna, mais sans parvenir à me rappeler pourquoi. J'étais encore abasourdie qu'il ait pu entendre l'ultime aveu de mon cœur à l'agonie. L'aveu que je l'aimais. À l'instant où le battant de la porte se referma derrière lui, ma gorge se serra. Je savais que Thomas venait de sortir de ma vie et que je ne le reverrais jamais.

C'était l'aube, mais j'avais fini par me rendormir et tenter de rattraper Thomas qui disparaissait dans le brouillard avant même que je puisse arriver à l'extrémité du pont suspendu où il se trouvait.

La matinée était plus que bien avancée quand je me réveillais enfin, la gorge sèche. J'avais terriblement soif.

Je portais encore la nuisette grenat dont l'étoffe avait glissé de mon épaule. D'un geste lent, je la remontai tout en me remémorant comment Thomas l'avait abaissée, juste avant de me…

— Nom d'un chien ! m'exclamais-je en plaquant une main contre mon cou.

J'eus beau palper au niveau de la carotide, mais il n'y avait aucune trace de morsure. La peau était lisse, sans la moindre lacération. Même mes doigts qui avaient été blessés contre le marbre de l'autel étaient intacts. À croire que tout ce qui s'était produit la nuit dernière n'avait été rien de plus qu'un rêve. Si l'on faisait le décompte de toutes les étrangetés qui étaient survenues depuis mon arrivée à Montbrun, je n'en étais plus à une près, même si celle-ci surpassait de très loin toutes les précédentes.

Pour faire simple, disons que j'ai flirté avec un homme ultra-sexy, qui était en réalité un vampire, et qui s'est abreuvé de mon sang. Si ce n'est pas la chose la plus incroyable qui me soit arrivée.

J'avais encore du mal à réaliser. Thomas s'était nourri de moi. Il aurait très bien pu ne pas s'arrêter à temps et me tuer. Il en avait été accablé, après coup. Ce que je ne m'expliquais pas très bien.

Le soleil était déjà haut dans le ciel et il m'était impossible de savoir l'heure qu'il pouvait être. L'écran de mon téléphone m'indiqua qu'il était plus que temps de me lever. Au sortir du lit, mes jambes faillirent flancher, mais je retrouvais vite mes appuis pour faire un brin de toilette. Un coup d'œil dans le miroir confirma l'absence de marque sur ma gorge. Rien du tout en guise de reliquat du baiser d'un vampire. Un de ceux qui auraient dû m'être fatals, à en croire la légende. Pourtant, j'étais toujours en vie. Était-ce dû à ce que Thomas m'avait fait avant de partir ? Et pourquoi me laisser ainsi après m'avoir avoué son amour ? À moins que cela n'ait aussi fait partie du rêve. Curieusement, cela m'attrista parce que cela signifiait qu'il ne tenait pas à rester avec moi. J'ignorais si je le reverrais un jour et j'en venais même à douter quant à l'authenticité de son existence. Un si bel homme ne pouvait qu'être le fruit de mon imagination exacerbée, suite à la lecture de la romance vampiresque de la veille.

Oui, c'était forcément ça... Rien de tout ça n'était réel.

Forte de cette idée, je hâtais de m'habiller pour descendre au salon où je rencontrais Marthe en grande discussion avec Nathaniel. Ils avaient l'air de s'être levés de bonne heure, contrairement à moi, et vinrent me saluer. Le sourire de Marthe trahissait une certaine inquiétude qui me toucha.

— Bonjour, Rose. Alors, vous avez pu dormir un peu, malgré le son et lumière ?

Je haussai un sourcil d'incompréhension.

— L'orage, voyons, précisa-t-elle. Quand ça gronde à ce point, on pourrait croire que l'ensemble des divinités du tonnerre et des éclairs se retrouvent ici pour faire une fiesta à tout casser.

— C'est vrai que c'était assez impressionnant, avouais-je. En fait, j'ai passé une nuit un peu… *difficile.*

— Normal d'avoir eu envie de récupérer au réveil, observa Nathaniel. J'ai eu aussi du mal à fermer l'œil et encore plus à ne pas céder à la douce tentation d'une grasse matinée. Heureusement que l'alerte orange a été levée.

— Tout à fait, renchérit Marthe avec enthousiasme. Et si nous discutions de tout ça autour d'un bon petit déjeuner ?

— Ça, c'est une riche idée ! Je suis mort de faim.

Avec Marthe, nous échangeâmes un sourire amusé. Il était de notoriété publique que rien ne pouvait se mettre en travers de la route entre un homme affamé et la nourriture. Chacun enfila son manteau pour rejoindre la Taverne où un brunch était au menu. Vu l'heure tardive, j'aimais bien l'idée de ce repas mélangeant allègrement le petit déjeuner et le déjeuner, selon un buffet bien garni. À condition bien sûr de ne pas laisser un écrivain vorace passer en premier.

Malgré l'heure avancée, le restaurant comptait déjà pas mal de clients et nous avions trouvé une table ronde tout à côté de la cheminée où une bonne flambée avait été allumée. En tout cas, Nathaniel prouva que la nuit au sommeil en pointillé qu'il avait passée ne lui avait en rien coupé l'appétit. De mon côté, j'avais jeté mon dévolu sur des pancakes avec un capuccino que j'avais demandé dans un grand mug. Plus par habitude qu'autre chose. Le monde pourrait s'écrouler qu'il me faudrait quand même cette boisson caféinée afin de bien commencer la journée. Je regardais Marthe en me posant une myriade de questions, même si certaines me préoccupaient plus que d'autres.

— Est-ce qu'il y a des visites de prévues, aujourd'hui ?

La quinquagénaire accorda un bref sursis au croissant qu'elle venait de prendre.

— Sans doute pas, à cause de l'orage. Avec le patron, on va faire un tour des lieux pour estimer les dégâts qu'il pourrait y avoir. Les assurances ont tendance à freiner des quatre fers dès qu'il est question de leur faire tenir leurs engagements en cas de pépin. Alors que, devinez quoi ?

— Euh... Ils sont prompts à la réaction au moindre retard de paiement ?

— Exactement, ma chère.

— Pourquoi ça ne me surprend pas ? soupirais-je.

— Allez donc savoir, répondit Marthe sur un même ton. Cela fait partie des plus grands mystères de l'univers. Hey ! Pas touche !

La brave femme avait été tout aussi vive pour empêcher un romancier gourmand de lui subtiliser son croissant et elle lui avait donné un coup de cuillère sur la main. Nous éclatâmes de rire face à cette tentative ratée de larcin.

Cependant, quelque chose me préoccupait et le moment était venu d'orienter la discussion à ce sujet, sans avoir l'air d'y toucher.

— Dites-moi, Marthe... Est-ce qu'il y a quelqu'un qui s'occupe de tout ce qui est électricité, plomberie, menuiserie ou jardinage ? Un employé veille-t-il à l'état général du château ?

— Auparavant, c'était mon mari, mais personne n'a repris le poste depuis bien des années. Alors, en cas de souci, on fait appel à la main-d'œuvre locale. Ils ne nous facturent pas trop cher et font du bon boulot. C'est amplement suffisant pour des réparations occasionnelles et tout le monde y trouve son compte. Pourquoi demandez-vous ça ?

Même Nathaniel me regardait avec curiosité.

— Je me posais la question comme ça, sans plus. Avec ce qui est tombé hier soir, je craignais qu'il n'y ait des bricoles à revoir, ici et là.

Cette réponse me fit tourner les méninges à plein régime. Celui qui s'était présenté à moi sous le pseudo de Tom n'était pas le fils de Marthe et personne ne semblait le connaître parmi les employés des lieux. Encore un mensonge. À moins que l'énigmatique Thomas n'ait jamais existé, tout simplement. Cela apportait une certaine confirmation que ce que j'avais pu vivre dans les murs de Montbrun n'avait été qu'une surprenante illusion. Tout n'avait été que mystification et je m'en voulais quelque peu de m'être autobourrichonnée ainsi pour un type qui n'existait pas. Là, c'était même l'apothéose dans l'art d'en faire des caisses pour pas grand-chose.

J'étais en train de m'empêtrer de plus belle dans mes réflexions quand Marthe but son thé avant de se tourner de nouveau vers moi.

— D'ailleurs, en parlant de réparations, j'ai reçu une bonne nouvelle par e-mail. Les cordes du piano vont pouvoir être posées aujourd'hui. Après les réglages nécessaires, il devrait être opérationnel en fin d'après-midi. J'ai déjà hâte de lancer une nouvelle série de soirées concert dans les mois prochains.

De stupeur, ma cuillère m'échappa des mains et le tintement qu'elle provoqua au contact du sol dallé ne me fit pas plus réagir, alors que mes deux acolytes n'avaient pas manqué de sursauter.

J'avais dû mal entendre, ce n'était pas possible autrement...

L'espace d'un bref instant, le souvenir de Thomas jouant du piano dans le salon, de notre danse et de la révélation de l'instrument dépourvu de son moyen d'expression me revint en mémoire. Celui qui avait appartenu à Johannes Brahms en personne. C'était vraiment à n'y rien comprendre. À tel point que je me mis à craindre de ne plus pouvoir distinguer ce qui avait été réel ou de l'illusion résultant d'un rêve. Ou de ce qui s'apparentait à un cauchemar éveillé.

Comme prévu, Marthe et monsieur Lamers firent une tournée d'inspection du château et des alentours afin d'estimer l'ampleur des réparations à apporter dans les plus brefs délais. Ils prirent quand même le temps de nous saluer, Nathaniel et moi, avant que nous ne repartions sur Limoges. Aucun groupe de touristes ne pouvant me raccompagner en ville, le romancier avait donc tenu sa promesse. Il ne nous fallut pas longtemps pour réunir nos affaires. Nathaniel était allé chercher sa Harley qu'il avait mise à l'abri à côté de la Taverne. Quand je le rejoignis, il portait un casque rivé sur la tête et avait enfourché la puissante machine dont le moteur ronronnait déjà. Il me tendit un second casque, sans doute celui de sa fille, et m'incita à prendre place derrière lui. Je m'étonnais de me sentir aussi à l'aise alors que je n'étais jamais montée sur une telle moto.

L'écrivain m'expliqua comment me tenir pendant le trajet. En gloussant, il ajouta que je pouvais m'agripper à lui, si je le voulais. J'éclatais de rire et lui administrai une tape taquine sur l'épaule. Décidément, il pouvait s'avérer très marrant. Je me laissai aller sans crainte, sachant que Nathaniel ne prendrait aucun risque inconsidéré avec une passagère. Après avoir salué une dernière fois Marthe et monsieur Lamers, Nathaniel se mit en route.

En revanche, un sentiment de vide s'était emparé de moi dès que nous franchîmes le portail du château.

Thomas de Montbrun.

Pourtant, je sentais que la présence de cet homme mystérieux avait disparu. Il me manquait déjà.

Le retour jusqu'à Limoges avait été très agréable. Avant que nos chemins ne se séparent, Nathaniel et moi avions échangé nos liens de réseaux sociaux. Nous pourrions ainsi garder le contact et j'avais hâte de lui donner mon avis sur ses livres. L'idée de compter une fan supplémentaire sembla plaire au romancier.

Avec ce qui s'était passé à Montbrun, entre l'orage et l'absence d'avancée dans ses recherches, il m'a avoué qu'il suivrait peut-être une tout autre idée pour son prochain manuscrit, quitte à repartir de zéro, mais cela ne l'inquiétait pas outre mesure. Ce serait le troisième et dernier tome de sa saga historique sur la Révolution. Après, il reviendrait à ses premières amours romanesques ; des intrigues inspirées de faits réels. Surtout des affaires de disparitions non résolues.

De mon côté, j'avais encore mes bagages à boucler avant de repartir pour la région parisienne. Dommage que les vacances ne puissent jamais durer aussi longtemps qu'on le voudrait.

Si on avait eu droit à une éclaircie inopinée pour le retour sur le bolide de Nathaniel, je n'avais pas eu autant de chance le jour où je me rendis à la gare de Limoges, sous des trombes d'eau. Mes cheveux ruisselaient et me donnaient l'air d'un chien mouillé... ou d'une serpillière. La librairie était richement achalandée, que ce soit en nouveautés grand format, mais aussi toute une ribambelle de romans poche, y compris celui de Nathaniel dont j'avais commencé la lecture. J'en achetai un exemplaire, un peu déçue de devoir attendre une prochaine séance de dédicaces pour le faire signer, mais découvrir la suite de l'intrigue me plaisait déjà.

Installée dans le train, je regardais continuellement par la fenêtre, sans pour autant voir quoi que ce soit. Non seulement à cause de la pluie, mais aussi parce que l'obscurité nuageuse limitait grandement la visibilité. Mon regard avait été capturé par un homme étrange aux yeux presque noirs cerclés de gris, profonds et insondables.

Je ne discernais rien d'autre que ses yeux, empreints de douceur et de tristesse, qui avaient dévoré mon âme.

15

Trois mois plus tard.

L'Histoire ne serait qu'un éternel recommencement, d'après plusieurs dictons et autres citations en pagaille… et j'avais fini par croire que c'était vrai. Comme tout bon boomerang bien lancé revenait toujours à son point de départ. Quand on ne le prenait pas en pleine face si l'on n'y prenait pas garde.

En rentrant de la corvée de courses hebdomadaires, je trouvais une épaisse enveloppe en kraft dans la boîte aux lettres. Il n'y avait pas de mention concernant l'expéditeur, mais seulement « N. L. » Les initiales de Nathaniel Leloup. En messagerie privée sur Twitter, il m'avait demandé mon adresse postale et je m'interrogeais encore sur ce qu'il comptait m'envoyer. Sûrement pas une carte pour mon anniversaire. J'eus la bonne idée d'ouvrir précautionneusement le kraft au lieu de l'arracher à la barbare, comme à l'accoutumée. Je m'intéressais d'abord à une lettre manuscrite sur un élégant papier couleur crème. L'écriture de Nathaniel ne m'était plus inconnue depuis que j'avais parcouru la dédicace qu'il avait rédigée sur ses livres, sans compter qu'elle avait le mérite d'être lisible.

Pour résumer, le romancier me racontait qu'il n'avait pas chômé depuis notre petit séjour à Montbrun. Avec l'aide d'historiens avec qui il travaillait pour ses bouquins, il avait remonté la piste de Rosalyne pour découvrir qu'elle avait eu une sœur qui avait quitté la région, sans doute pour échapper aux accusations de sorcellerie dont sa parente avait été victime. Elle était réapparue à Chartes où personne ne la connaissait. Coïncidence des plus amusantes : une branche de ma famille était originaire de là-bas, depuis plusieurs générations. J'y avais passé la majeure partie de ma vie, jusqu'au moment de suivre mes études à Paris, avant de m'installer dans la région. Quoi qu'il en soit, le limier littéraire avait de nouveau perdu sa trace quand il comprit qu'elle avait changé de nom en se mariant. Un patronyme dont l'orthographe avait évolué au fil du temps, à en croire ses recherches. En arpentant cet arbre généalogique, il en avait trouvé une branche qui existait encore de nos jours : les Langeray.

Je sentis alors mon cœur marquer un temps d'arrêt.

Langeray... Non, ce n'était pas possible.

Dans sa lettre, Nathaniel m'expliquait qu'après maints refus et autres raccrochages au nez, il était entré en contact avec cette famille par l'intermédiaire d'une femme : Garance Langeray.

Là, c'était le pompon, puisqu'il s'agissait de ma mère !

Je m'appelais Rose Dujaux, mais maman avait repris son nom de jeune fille après son divorce, quand j'étais gamine. Incroyable que Nathaniel puisse l'avoir contactée. Lui a-t-elle parlé de moi ? J'en avais autant envie et je le redoutais aussi, au cas où l'idée l'aurait pris de lui raconter quelques-unes de mes bêtises de gosse et d'ado, mais apparemment non. Au lieu de quoi, elle avait mentionné un coffre que nous gardions au grenier depuis mathusalem et rempli de tout un bric-à-brac familial sur plusieurs générations ; des photos, divers documents et d'autres choses encore dont je peinais à me rappeler. Maman avait donc convié le romancier à venir voir son contenu et y avaient découvert un double-fond. Une cache inexplorée où un seul objet avait été dissimulé depuis très longtemps. Avec l'autorisation de ma mère, Nathaniel l'avait entièrement scanné et soumis à l'examen d'historiens qui confirmèrent une datation remontant au XVIIIe siècle. Quelque chose que je devais voir absolument, avait noté l'écrivain qui avait promis de me le faire parvenir dans les plus brefs délais. Apparemment, maman n'avait accepté de le lui confier qu'en échange du fait qu'il revienne dans la famille, par mon intermédiaire, si nécessaire.

Voilà pourquoi le paquet que j'avais reçu par courrier contenait un objet rectangulaire et plat, soigneusement enveloppé dans du papier de soie couleur bronze. J'ignorais comment il s'y était pris, mais l'écrivain avait dû se montrer bigrement convaincant pour que ma mère, avec son tempérament surprotecteur, ait accepté de lui confier sans broncher un document familial avec une telle connotation historique. Car c'était sans doute une preuve tangible de l'histoire qui l'avait poussé à venir jusqu'au château. À ceci près qu'il était passé à autre chose, d'après les annonces qu'il avait postées sur les réseaux sociaux concernant son prochain bouquin. Quant au pourquoi de sa décision, la fin de sa lettre me le dirait peut-être.

Et ce fut le cas. Selon lui, cette histoire m'était devenue trop personnelle pour qu'il s'amuser à la romancer et la publier. Un livre qu'il aurait fallu ranger dans la catégorie Romance au lieu du Thriller qui était son genre de prédilection, même dans un contexte historique aussi précis que la Révolution. Sauf qu'avec l'implication d'un vampire dans l'équation, j'en étais arrivée à me dire que si Nathaniel avait rédigé l'histoire telle que je la connaissais désormais, elle aurait été une Romance surnaturelle bien *dark* à souhait.

Ouais, je vois très bien ce romancier se lancer dans des péripéties de ce style ! En tout cas, ça ne pourrait pas être pire que ce que la littérature populaire avait déjà osé produire en la matière. Un peu comme cette trilogie insipide et truffée de clichés dont j'avais refait les illustrations de couverture.

Je repliais la lettre avec un certain amusement avant de remarquer la présence d'un papier resté dans l'enveloppe kraft. Nathaniel avait noté quelques noms des femmes de ma famille sur un feuillet à part et je constatais qu'en plus des changements survenus dans notre patronyme, un point commun prédominait au fil du temps : nous avions toutes un prénom de plante ou de fleur. Ce qui donnait à mon arbre généalogique un faux air de registre botanique. Une espèce de tradition qui s'était perdurée jusqu'à ma sœur et moi. On m'avait déjà dit que je ressemblais à ma grand-mère, mais pas que cette similitude physique remonterait à une ascendante ayant vécu au XVIIIe siècle, comme Thomas de Montbrun avait voulu me le faire croire. Sans parler de la parenté entre mon prénom et celui Rosalyne qui en était une des variantes. Simple coïncidence ? La boucle du Temps avait-elle été ainsi bouclée ? Allez donc savoir.

Cela signifiait-il qu'en plus d'être sa réincarnation, je serais une descendante de cette guérisseuse ?

Ou comment écoper d'un début de migraine tout en ayant

matière à méditer. Je grimaçai tout en me massant les tempes du bout des doigts avant de me décider à reporter mon attention sur ce qui m'avait été envoyé. J'avais laissé le paquet de côté le temps de finir la lecture de la lettre, ne voulant pas me disperser à faire plusieurs choses à la fois.

Il s'agissait d'un carnet d'environ treize centimètres sur dix-huit. Il fallait bien admettre qu'il était magnifique, sur fond couleur ivoire, avec deux liserés verts et enluminés d'élégants pistils dorés. Un étrange sentiment de familiarité me saisit.

Attends... réalisai-je en observant l'objet sous tous les angles ? *Je reconnais ça. Ce journal était à moi, il y a bien longtemps.*

C'était bien la première fois que je tenais entre les mains un document aussi ancien. Datant de près de trois siècles, au bas mot. Ce n'était pas anodin. Je retournais à mon bureau et en dégageais un espace pour y poser le carnet et l'examiner avec le plus grand soin. Je promenais d'abord mes doigts sur la couverture, à la fois étonnée qu'elle soit en aussi bon état, et par l'impression de familiarité que ce contact n'avait pas manqué de provoquer en moi. Vraiment étrange...

Le plus surprenant, c'était d'avoir déjà aperçu ce journal dans mes rêves. Ceux que Thomas m'avait fait voir, à Montbrun. Le jeune noble l'avait offert en cadeau à Rosalyne, pour son anniversaire. D'où le sentiment diffus qui s'était emparé de moi. Nathaniel avait découvert qu'il existait un lien ténu de parenté entre ma famille et la mystérieuse guérisseuse qui avait œuvré au château, à l'époque. En soi, c'était déjà quelque chose d'assez extraordinaire. Maintenant, le romancier en avait retrouvé une trace tangible et me l'avait envoyé au lieu de l'utiliser pour reprendre le fil initial du manuscrit qu'il voulait écrire. Je me rappelais alors qu'il avait entre-temps changé d'intrigue. La délicatesse empreinte de tact de son geste m'avait beaucoup plus touchée que je ne l'aurais imaginé au premier abord.

Dire que ce journal est la preuve la plus concrète qui soit avec cette incroyable histoire issue d'un passé séculaire.

J'ouvris le carnet avec les doigts un peu tremblants d'émotion et fis défiler quelques pages annotées, surprise par la douceur veloutée du papier. Cependant, c'était la beauté de l'écriture de Rosalyne qui me sidéra. Sans être non plus d'une calligraphie élaborée, à la fois simple et dotée d'une certaine élégance. Ce qui n'était pas rien pour une jeune femme qui n'avait sans doute jamais été scolarisée. Elle avait dû tout apprendre sur le tas, avec ceux qui avaient accepté de la prendre sous leur aile. Une telle persévérance ne pouvait que susciter respect et admiration, comme c'était mon cas.

Il était amusant de voir que le carnet était devenu une espèce de fourre-tout assez plaisant à découvrir. La jeune guérisseuse n'y avait pas mis que des recettes de remèdes ou des notes concernant les propriétés thérapeutiques de différentes herbacées. Elle avait dû être une artiste dans l'âme, tout comme moi, car des pages entières avaient été remplies d'esquisses des végétaux qu'elle étudiait ainsi que des croquis qu'elle avait faits du château et des ruines environnantes.

Celles-là mêmes où je m'étais promenée.

Là où j'avais rencontré Thomas pour la première fois.

Mon cœur se serra en pensant à lui. Je voulais tant le revoir et voilà qu'il était sous mes yeux.

Non, mais, j'ai la berlue ! Comment se fait-ce ?

Il y avait un portrait de lui sur la page que je venais de tourner et j'en fus sidérée au plus haut point, car ce dessin ressemblait de façon plus que troublante à celui que j'avais fait, des siècles plus tard. C'était tellement incroyable que je me relevais d'un bond pour courir au salon récupérer mon carnet à croquis que j'avais laissé sur la table basse avant de revenir au bureau. Mon cœur battait à tout rompre tandis que je le feuilletais jusqu'à la page recherchée et le mettre côte à côte avec le journal de mon aïeule. Dès lors, il était devenu utopique de nier l'évidence qui s'offrait à mon regard troublé.

Les deux portraits étaient similaires à un degré tel que cela relevait presque de l'impossible. Pour un peu, on aurait pu les confondre s'il n'y avait pas eu la différence vestimentaire pour attester à quelle époque appartenait chaque esquisse.

Quand j'avais vu Thomas près des magnifiques roses rouges sur le muret derrière lui, j'avais eu aussitôt envie de le dessiner. C'était si soudain et irraisonné que je n'avais fait que céder à ce désir, quitte à devoir convaincre un modèle quelque peu récalcitrant. Alors qu'en vérité, le voir ainsi m'avait peut-être rappelé le passé. Un passé qui avait été celui de Rosalyne et qui était remonté à la surface, presque trois cents ans après. Voilà pourquoi je l'avais dessiné aussi vite. De mémoire. C'était vraiment le cas et j'en étais bouleversée. Voulant saisir cet instant fugace, je pris mon appareil photo pour *shooter* les deux documents réunis. Qui sait, cela ferait peut-être une publication intéressante sur ma page Instagram.

Poussée par la curiosité, je poursuivis mon exploration avant de rougir copieusement face à des croquis d'ordre plus intimes. De toute évidence, les essences végétales n'avaient pas été les seules à retenir l'attention de Rosalyne au point qu'elle ait cherché à les immortaliser dans les pages de son journal. À en croire les dessins qu'elle avait faits de Thomas dans toute la splendeur de sa nudité. J'en fus toute émoustillée. D'un autre côté, comment ne pas l'être ? Je sifflais d'une admiration à peine voilée.

Waouh ! Voilà ce que j'appelle une « belle plante » !

Le jeune homme aurait pu être un magnifique modèle de nu et Rosalyne ne s'était pas privée pour faire plusieurs croquis de son amant. À son sourire filou, on voyait bien qu'il s'était amusé à prendre la pose pour elle. De s'offrir ainsi à ses seuls yeux. D'autres fois, elle avait juste saisi l'instant tel qu'il s'était présenté. Elle l'avait dessiné alors qu'il dormait encore. Le drap dévoilait son corps athlétique, depuis ses larges épaules à la cambrure de ses reins. Elle avait parfaitement su rendre les effets d'ombre et de lumière sur sa silhouette musclée, jusqu'à son grain de peau qui invitait au toucher. Son beau visage arborait un air serein qui m'attendrit d'autant plus que j'aurais adoré pouvoir le dessiner ainsi moi-même.

Non... En fait, j'avais carrément envie de le croquer *à ma façon !*

Ce document était doté d'une charge émotionnelle telle que je sentis des larmes perler à mes paupières. Dire que ce journal avait été offert par Thomas de Montbrun à Rosalyne et, à travers les méandres du temps et par je ne sais quel coup du sort, il avait fini par se retrouver entre mes mains. D'une certaine façon, c'était comme si l'on m'avait rendu un fragment de Thomas et j'en étais heureuse.

Je ne remercierai sans doute jamais assez le romancier d'avoir déniché ce journal, même caché aux yeux de tous, dissimulé avec un soin jaloux parmi les artefacts hérités de ma famille.

Trois mois s'étaient donc écoulés. Moi non plus, je n'étais pas restée oisive depuis mes congés dans le Limousin.

Il ne m'aura fallu rien de moins que ce dernier trimestre pour accomplir ce que je m'étais promis de faire après être revenue chez moi, dans mon petit deux-pièces, en région parisienne. En deux jours, j'avais pris goût à la vie de château et cela m'avait amusée d'arpenter toutes les salles de Montbrun afin d'esquisser les visions qui me venaient encore du passé. À partir ce ces ébauches à peine fignolées, j'avais néanmoins réussi à rendre un aperçu assez intéressant de ce qu'avait été ce château, un peu avant l'embrasement provoqué par la Révolution, au XVIIIe siècle.

À force de travailler sur ma tablette graphique, à bidouiller des logiciels professionnels, j'en avais presque oublié le plaisir que je pouvais avoir à dessiner à la main. Mes récents congés m'avaient donné l'occasion de m'en rappeler. Aussi, j'avais tenu à faire mes travaux concernant les pièces du château *à l'ancienne*, avec des crayons de couleurs aquarellables. Ce qui m'avait permis d'avancer vite sans pour autant me priver des nuances qui se mêlaient artistiquement à l'eau, sur la texture granuleuse du papier. Une fois que le tout avait séché, il devenait possible d'ajouter quelques détails donnant une touche de réalisme. Les plans du château glanés sur Internet et les photos que j'avais prises m'ont beaucoup aidée.

Cette nuit, j'avais passé un nombre d'heures incalculable sur ce qui avait été le salon principal, là où se trouvait à présent le piano qui avait appartenu à Brahms. Ce qui ne m'empêchait pas de me demander si l'instrument avait fini par retrouver sa voix, après que ses cordes lui aient été rendues.

J'étais assez fière du carnet de croquis au format A4 trouvé pour l'occasion et des dessins qui y avaient été rassemblés. Une espèce de voyage en amnésie d'un passé aujourd'hui oublié.

Sauf que… je n'ai pas oublié.

16

Non, je n'ai pas oublié…

Je me rappelais encore trop bien de tout ce que j'avais vécu là-bas. Y compris dans ce salon, en dansant avec Thomas. Les semaines qui s'étaient écoulées n'avaient rien effacé et je pensais toujours à lui.

J'ignorais quelle heure il pouvait être, tard ou tôt, allez donc savoir, mais j'avais enfin réussi à m'endormir. La faute à la pleine lune dont la lueur bleutée portait jusque dans ma chambre ? Pas le moins du monde. Par contre, qu'il fasse encore aussi chaud à une telle heure n'avait pas aidé. J'en étais arrivée à laisser les fenêtres grandes ouvertes, dans l'espoir de faire entrer un peu la fraîcheur nocturne. L'espace d'un instant, je me serais presque installée sur le balcon qui longeait mon petit appartement.

J'avais gardé la nuisette grenat dont je m'étais retrouvée revêtue -j'ignorais toujours comment- durant ma nuit tumultueuse au château. Après tout, elle était jolie et j'adorais le contact de l'étoffe satinée. Ce délicat vêtement me rappelait trop le relent d'un regret. J'aurais tant désiré que Thomas m'enlève cette nuisette.

Durant cette période de solitude, mes pensées étaient focalisées sur lui. La seule personne que j'espérais revoir de toute mon âme. Thomas avait disparu de ma vie et jamais quelqu'un ne m'avait autant manqué. Il me hantait et m'obsédait au point que tout était devenu fade, sans couleur ni la moindre saveur, et j'en étais malade.

Il m'était impossible de croire que le destin l'avait mis sur mon chemin pour me l'arracher l'instant d'après. C'était trop cruel ! Bien plus que je ne pouvais le supporter. En particulier cette nuit, où même la lune semblait se moquer de mon désarroi, alors que la solitude et le manque de cet homme me faisaient souffrir d'une façon lancinante.

Seule la musique parvenait à apaiser mon cœur.

Le soir, j'écoutais du piano en boucle. La *Passacaglia* d'Händel

Halvorsen, bien sûr, mais aussi une sonate de Jean-Sébastien Bach en sol mineur, selon un arrangement de Luo Ni. Là, c'était le magnifique *Adagi*o de Tomasco Albinoni. Cette émouvante composition me provoquait toujours des frissons. Une chanson avait été écrite sur cette musique, mais je n'appréciais guère les exagérations brâmantes de la chanteuse. Dommage, les paroles étaient si belles, en harmonie avec les élans de mon cœur esseulé. Qu'est-ce que Thomas m'avait dit ?

« Vous aussi... Vous m'avez appelé dans le parc. »

Il avait sans doute fait référence au moment où je fredonnais une chanson tout en dessinant.

À la lueur d'une chandelle sur la table de chevet, je m'étais enivrée des volutes musicales de l'*Adagio* tout en laissant les paroles franchir mes lèvres. Un chant d'amour empreint d'espoir. Un appel porté par le vent pour que cet homme me revienne. J'ignorais combien de temps j'étais restée à fredonner à voix basse, presque en chuchotant, ma supplique... jusqu'à l'instant où je m'étais enfin assoupie.

Cette nuit-là, quelque chose m'arracha des limbes du sommeil et je pouvais sentir un bruissement dans l'air. On aurait dit le murmure du vent qui me parvenait imperceptiblement. Une litanie qui m'était familière et que je n'avais plus entendue depuis...

« Pulchram rosam est. Quidemes, O Aeternum, hoc sanctae foedus amororis non solum étiam délicias et hoc non hàbere finis. »

J'avais à peine ouvert les yeux que ces mots résonnèrent à nouveau dans mon esprit agité tandis que mon cœur battait à tout rompre. L'incantation latine se répétait sans discontinuer dans ma tête, combinée aux notes délicates de la *Passacaglia* qui tournait en boucle sur ma station musicale.

J'étais dans un état de léthargie, encore ensommeillée. Même le décor de ma chambre me paraissait presque chimérique. À croire que j'errais entre deux eaux, piégée entre rêve et réalité. Mêlée aux accords de piano dans l'air, cette litanie me tenaillait et m'appelait. Le regard perdu dans le lointain, je me relevais pour diriger mes pas incertains vers la porte-fenêtre menant au balcon.

La pleine lune était toujours aussi haute dans le velours nocturne. Une silhouette se tenait debout, derrière les voilages des rideaux.

Il y avait quelqu'un qui entra dans la pièce… et je savais qui c'était. Mon cœur eut un raté en le reconnaissant. Au lieu d'aller vers lui, je reculais pour le laisser s'avancer vers moi.

L'obscurité dont il semblait drapé s'estompa à chacun de ses pas. Il portait une chemise d'un bleu sombre ainsi qu'un jean brut qui lui seyait à merveille, soulignant sa silhouette masculine élégante.

Les traits de Thomas ne m'apparurent qu'à la lueur vacillante de la chandelle, près du lit. Cet éclat doré le rendait encore plus beau et le revoir enfin m'émerveilla au point que je sentis les larmes me monter aux yeux.

— Est-ce que c'est vraiment toi ? osais-je demander.

À cet instant, j'avais trop peur que tout ceci ne soit qu'un rêve.

Plutôt que de me répondre, Thomas me rejoignit en esquissant un de ces petits sourires qui me faisaient chavirer. Il tendit la main pour m'attraper derrière la tête. Puis, il se pencha et posa ses lèvres sur mes joues, estompant mes larmes ainsi que les doutes que j'avais quant à la réalité de sa présence. Ses baisers délicats glissèrent jusqu'à ma bouche dont il s'empara avec une douceur qui évinçait mes désirs les plus fous. Son autre bras enserra ma taille pour me rapprocher jusqu'à ce que son corps soit contre le mien. Je passais une main derrière son épaule et caressais sa chevelure soyeuse.

Je n'arrivais toujours pas à croire qu'il m'était revenu, mais il était bel et bien là. Aussi magnifique que dans mes souvenirs. La douceur de ses mains fermes, sa chaleur, le gris argenté de ses yeux et son parfum ambré n'étaient pas des illusions. La caresse de sa langue sur la mienne comblait le vide dans mon cœur. Cette connexion sensuelle entre nous était ce qui m'avait le plus manqué.

Les paupières closes, il expira un souffle rauque qui me chatouilla la joue avant d'appuyer son front contre le mien pour ne pas rompre le contact qui nous unissait.

— J'en avais besoin, murmura-t-il.

— Moi aussi…

— J'avais besoin de toi, Rose. Tu m'as tant manqué. Et puis, je n'en pouvais plus de rester loin de toi. T'imaginer ainsi, avec cette nuisette… Cette image a hanté mes nuits et mes fantasmes.

À ces mots susurrés d'une voix profonde, empreinte de désir, il passa sa main sur l'échancrure du vêtement, en insinuant le bout des doigts sous la dentelle.

— Je meurs d'envie de te l'enlever, tu sais.

— C'est ce que je veux que tu fasses.

— Quelle chance que l'on soit du même avis, ronronna-t-il.

— Je trouve aussi...

J'avais envie de faire quelque chose et commençais à défaire les boutons de sa chemise. Lentement, un par un, sous son regard surpris. Je relevais vers lui un sourire mutin avant de poser mes lèvres au creux de sa clavicule et embrasser son torse au fur et à mesure que j'ouvrais sa chemise. Je sentis Thomas frémir de plaisir quand je caressais les reliefs et les méplats de sa poitrine. J'avais enfoui mon visage dans son cou, saturant mes sens de sa peau, alors que mes baisers s'aventuraient le long de sa gorge. J'adorais le toucher et l'embrasser. À en croire les gémissements sourds qui lui échappaient, ça devait lui plaire aussi.

Il me laissa lui ôter sa chemise avant de me reprendre dans ses bras et de happer mes lèvres. Son grain de peau était velouté sous mes paumes qui arpentaient les courbes musclées de son corps. Mes mains glissèrent sur ses épaules pour passer derrière sa nuque.

Les yeux rivés aux miens, il me fit lever les bras au-dessus de la tête et je savais très bien à quelle fin. Il laissa ses doigts redescendre le long de mon corps, en effleurant mon décolleté, avant de s'arrêter au niveau des hanches. Il saisit le tissu de ma nuisette pour me l'ôter et je me retrouvais nue contre lui. D'un geste vif, j'enfouis les mains dans les poches arrière de son jean pour le serrer contre moi. Thomas me fit un clin d'œil taquin, amusé par mon audace... et encore plus quand il sentit mes doigts glisser sur son ventre ferme. Avec pour but évident de défaire la boucle de sa ceinture.

— On n'est pas à jeu égal, là... remarquais-je en notant que Thomas était à moitié habillé.

— Pas faux, concéda-t-il. Remédions à la situation.

Le jeune homme acheva de se dévêtir et le voir en intégral fut un véritable moment *décroche-mâchoire* tant il était magnifique dans sa nudité. J'eus beau me souvenir des dessins de Rosalyne, le contempler en chair et en os relevait sacrément le niveau. Le baromètre de mon désir atteignit un degré proche de la saturation. En comparaison, mon corps m'apparut d'une façon peu flatteuse.

— Rose, tu es une femme magnifique, chuchota Thomas. N'en doute jamais. À mes yeux, tu as un charme envoûtant.

Mes joues s'empourprèrent tandis qu'il baissa la tête pour embrasser ma poitrine dans le creux du milieu, là où se situait mon cœur qui bondit en réaction. Pas au point de me provoquer un infarctus, mais presque. Je risquais de ne pas survivre à cette nuit…

Thomas passa une main sous mes genoux, l'autre me serrant contre lui, et me porta jusqu'au lit. Il me coucha sur le dos et vint s'étendre sur moi en s'appuyant sur les avant-bras. Sa main se referma sur l'un de mes seins dont il prit la pointe dans sa bouche. Il la lécha, la suça et la mordilla, tout en caressant son jumeau, avant d'inverser les rôles. J'adorais sentir ses paumes sur la douceur crémeuse de ma poitrine. Sa main erra le long de mon ventre, et s'aventura encore plus bas. Mon souffle se précipita lorsque celle-ci se faufila entre mes cuisses. Je renversais la tête en arrière et ouvris un peu plus les jambes pour lui faciliter l'accès, enivrée par un désir dont la manifestation ne lui échappa pas. Le contact de ses doigts sur mon intimité était aussi délicat qu'indécent. Je me mordis la lèvre inférieure pour étouffer mes soupirs enfiévrés.

— Est-ce que je me trompe, murmura-t-il d'une voix sourde, ou tu as envie de moi ?

— Je n'arrive pas à croire que tu puisses me poser une question pareille, alors que tu connais déjà la réponse.

— Hmm… apprécia-t-il. Tu es si douce, si mouillée et si prête. Si réactive au moindre de mes gestes. Ouais, j'adore ça. À tel point que ça me donne envie de faire encore grimper la pression.

Comme pour le prouver, il accentua ses mouvements circulaires entre mes cuisses. Puis, il insinua son index et son majeur en moi, avec une rythmique constante qui me rendait folle. À se demander si ce n'était pas délibéré de sa part. Non… Je vis à son petit sourire sardonique que c'était *totalement* délibéré. Cet homme était d'une sensualité machiavélique. Mon cœur battait à tout rompre, ma respiration était tout aussi chaotique. Je pantelais, en quête d'air.

— Thomas, si tu continues ainsi, tu vas finir par me faire...

— C'est ça l'idée, confirma-t-il en intensifiant le mouvement de ses doigts entre mes jambes pour parvenir à ses fins.

Et il me poussa au paroxysme du plaisir. Je me cambrais contre lui quand mon corps fut pris de frissons incandescents. La tension accumulée évoquait un orage dans mes veines en une violente et douce agonie. Ce qui n'empêcha pas Thomas de me caresser jusqu'à ce que mes spasmes refluent, me laissant frémissante entre ses bras. À me voir ainsi, à sa merci, il contempla son œuvre en esquissant un petit sourire de satisfaction purement masculine alors que je peinais à me remettre de ce qu'il venait de me faire.

— Rose, tu ne peux pas savoir à quel point j'en avais envie. Déjà, à Montbrun, je te désirais et j'ai eu tout le temps nécessaire pour imaginer comment je te posséderais. Ça a nourri bien des fantasmes, y compris celui-ci.

Interdite, je le vis porter ses doigts à sa bouche et en inspirer les effluves intimes avant de les lécher.

Quand cet homme me fixa à nouveau, c'était sous l'emprise dévorante d'un désir qui me brûlait tout autant. Il s'était niché entre mes jambes tandis qu'il caressait mon corps alangui. La rigidité de son érection se pressait contre l'une de mes cuisses. Il mit son bras sous mes hanches pour les rehausser et passa une main ferme le long de mon ventre jusqu'à l'aine. L'impression de déjà-vu était trop flagrante et Thomas réalisa que j'avais compris aussi, me rappelant de cette nuit d'orage. L'exaltation de son regard en disait long sur ses intentions ; il voulait reprendre là où nous en étions restés, sans que les réminiscences du passé ne viennent encore nous interrompre.

À ce degré d'intimité, nous pouvions communiquer sans nous parler et je savais à quel point il me désirait. Il sourit à l'injonction muette que mes yeux lui adressaient : « Qu'est-ce qui te retient ? »

Le côté prédateur de Thomas réapparut, tel un chat sauvage à l'affût, les prunelles brillantes de convoitise. Il me cloua au lit et s'enfouit au creux de mon corps avec une force et une douceur implacable.

Un plaisir exquis parcourut tout mon être. Comme si ça ne lui suffisait pas de s'être approprié mon âme ! Il s'immobilisa un instant pour me laisser le temps de m'habituer à lui. À moins qu'il ne veuille mieux percevoir la friction de sa virilité contre mon intimité soyeuse. Il m'avait plaquée sous son corps haletant et entoura mes épaules de ses bras. Il roula des hanches pour se plonger davantage en moi, me faisant gémir alors que je me cramponnais à son dos musclé.

Il s'interrompit et me fixa avec inquiétude.

— Je te fais mal ?

— Non, tout va bien, le rassurais-je en souriant.

Le regard incandescent de Thomas s'était rivé au mien, tel du mercure en fusion, tandis qu'il allait et venait au plus profond de mon ventre. Il se retira presque pour revenir à la charge très lentement.

— Bon sang, Rose, lâcha-t-il. Tu es si douce.

Ses mouvements étaient infinis et puissants en moi, au rythme fluide et cadencé des vagues se brisant sur le rivage. Encore et encore. Une houle incessante à laquelle nous nous laissions aller. Mon amant était attentif à la moindre de mes réactions. Sa façon de me faire l'amour, avec tant d'application, me bouleversa. Une onde de plaisir prenait de plus en plus d'ampleur alors que le souffle rauque de Thomas m'apprit qu'il en allait de même pour lui. La *Passacaglia* d'Halvorsen, en fond sonore, s'entremêlait à ses gémissements âpres et à mes soupirs enfiévrés en une mélodie charnelle sur laquelle nous dansions en harmonie.

Je n'avais jamais ressenti un état de possession et d'abandon aussi intenses. Quasi absolus. Nous étions tous les deux en osmose et nous ne faisions plus qu'un. Il émit un feulement avant de m'embrasser. Il glissa ses mains dans mon dos, jusque sous mes reins, pour me serrer contre ses hanches qui me martelaient au rythme de ses assauts. Mon corps s'échauffa et se contracta délicieusement sur son érection plus dure que jamais, proche du point de fusion.

C'était incroyable de ressentir un tel maelstrom d'émotions et de sensations quasi contradictoires. Tour à tour charnelles et sensuelles, empreintes d'une certaine violence, mais sans se départir de douceur. C'était à la fois grisant et terrifiant. Aussi euphorisant qu'un parcours endiablé dans un grand huit, mais sans les harnais de sécurité. Thomas nous propulsait tous les deux vers un abyme dans lequel nous avions autant hâte que peur de basculer. Je m'embrasais sous ses coups de boutoir, sur le point d'être emportée par la déferlante qui allait *crescendo*. Ce ne fut pas une vague de plaisir qui s'abattit sur nous, mais un tsunami dévastateur. Si j'avais pu un jour atteindre le septième ciel, cet homme me laissait croire qu'un palier encore plus exaltant pouvait exister et qu'il m'y expédierait avant de m'y rejoindre, à l'apogée de son extase. Les spasmes de son corps puissant chevillé au mien succédèrent à ce qui était sans doute le plus bel orgasme de ma vie.

Nous frémissions tous les deux de plaisir. L'instant d'une union. D'une réunion. D'un retour à l'unité de nos âmes, ancrées dans nos corps, liés eux aussi. Thomas respirait fort et chercha à s'écarter, mais je voulais le garder encore contre moi, alors je resserrais mes bras autour de lui. Il esquissa un petit sourire et m'embrassa dans le cou tout en se reposant, le visage sur ma poitrine. J'appréciais trop cet instant pour y mettre un terme, tant le sentiment de plénitude qui m'étreignit était fabuleux. Insoupçonné. Quand je repensais à cette nuit orageuse, je regrettais encore plus que nos fantaisies sensuelles n'aient tourné court. Mais ne dit-on pas que tout vient à point à qui sait attendre ? Trois longs mois ! Oui, j'avais assez patienté, mais cet homme en valait la peine. Sans compter que j'adorais être sous l'emprise de ses appétits autant que de son désir.

Thomas effleura ma joue du bout des doigts tandis qu'il me dévisageait avec un brin de taquinerie alors que je lui souriais.

— Je ne t'avais jamais vue si rayonnante. Est-ce que je pourrais aller jusqu'à dire que je t'ai fait resplendir de plaisir ? En tout cas, je n'imaginais pas que de se livrer à des activités torrides puisse avoir un tel effet sur le teint ni que ça serait aussi bon pour la peau.

— Et pour le cœur, soufflais-je alors que sentais le mien sur le point de demander grâce.

Thomas venait à peine de se retirer avec précaution que je me tournais sur le ventre, alanguie et comblée. Il s'allongea tout contre moi et sema des baisers sur ma nuque en me caressant le dos. Je frémis à sa façon délicate de promener ses lèvres sur mes épaules.

— Tu sais, dit-il. La première fois que je t'ai embrassée contre cet arbre, dans le parc. Tu n'imagines pas ce à quoi tu as échappé.

Au souvenir de cet instant, je ne pus m'empêcher de tiquer. En dépit de son attitude et du baiser, le jeune homme avait fait preuve d'une certaine retenue, en comparaison avec ce que nous venions juste de vivre. Thomas gloussa, comme s'il pouvait lire dans mes pensées. Ce qui m'agaçait toujours autant.

— Quand j'ai senti ton corps contre moi, poursuivit-il, j'ai failli me laisser emporter. Ce jour-là, si tu avais été en jupe, je n'aurais pas hésité un seul instant.

— Plaît-il ? m'exclamais-je. Tu n'aurais quand même pas osé ?

— Oh si. J'aurais osé. J'aurais arraché tes sous-vêtements pour te prendre comme un sauvage, debout contre cet arbre, en zappant les préliminaires. Il m'arrive encore d'en rêver et je compte bien laisser libre cours à ce fantasme. Alors, méfie-toi la prochaine fois qu'on se baladera en forêt. Il se pourrait bien que je passe à l'acte.

— Voyez-vous ça... objectais-je sur un ton faussement naïf avant de pousser un cri bref.

Thomas avait refermé ses dents sur mon épaule et me fixait, tel le grand méchant loup nourrissant des idées perverses envers le petit chaperon rouge. Non seulement je compris qu'il était sérieux, mais qu'il n'hésiterait pas à mettre ses intentions en pratique. J'en frémis d'avance, car être l'objet de ses fantaisies me plaisait déjà.

Il m'embrassa avec douceur avant de tendre le bras pour nous recouvrir du drap qui avait glissé au bas du lit. La sensation fraîche et légère du tissu contrastait avec la chaleur émanant de l'homme étendu à mes côtés. Il enfouit son visage au creux de mon cou et s'endormit paisiblement. Il était à moitié allongé sur moi, avec sa main sur la peau de mon dos.

Je sentais les battements puissants de son cœur et cela me faisait penser à quelque chose que j'avais remarqué au moment où Thomas m'avait avoué sa nature vampiresque. Pourtant, cette pulsation de vie m'apaisa comme jamais. Je me laissais aller aussi aux limbes du sommeil, bercée par les accords au piano de *The Heart asks Pleasure First*, composé par Michael Nyman.

Niveau plaisir, il fallait reconnaître que mon cœur avait été comblé au-delà de ses espérances les plus folles. Et si ce n'était là qu'un début... j'étais d'ores et déjà fichue.

17

Déjà le matin. Je m'éveillais à peine pour réaliser que la nuit passée n'était pas qu'un songe. Ou alors, ça voulait dire que je n'avais pas cessé de rêver et j'en étais ravie.

L'aube pointait à peine à l'horizon que Thomas avait eu envie d'un réveil en douceur. Toujours allongé sur moi, il ondulait nonchalamment contre mes hanches, tandis que je l'avais senti durcir entre mes fesses. Comme quand il avait failli céder à d'autres pulsions avant de continuer à prélever mon sang à la source. À ceci près que cette fois-ci, il s'était ancré en moi pour me faire l'amour, tendrement et passionnément. Mon amant s'était étendu de tout son long, sa poitrine plaquée sur mon dos et le souffle court dans mon cou. Il avait passé son bras sous mon ventre pour accentuer la cambrure de mes reins et glissé son autre main sous mon bras, ses doigts entrelacés aux miens. Alternant de brefs roulis, des va-et-vient plus amples et de vifs coups de reins, Thomas nous avait conduits aux confins d'une jouissance voluptueuse, ses baisers étouffant mes cris.

Aucun doute, j'adorais me faire réveiller ainsi par un homme aussi sensuel qui semblait y prendre autant de plaisir que moi.

Le jeune homme s'amusait encore du rougissement de mes pommettes alors qu'il me serrait dans ses bras après avoir roulé sur le dos. J'étais étendue contre son flanc et il me caressait d'une main douce, de la nuque aux reins, me faisant frémir de délice. Je me pelotonnais un peu plus contre son torse, peinant à croire qu'une telle félicité puisse exister. Ce sentiment, simple et mis à nu, ne s'appelait-il pas le bonheur ? Une joie légère et fraîche, aussi suave que la senteur du vent après la pluie, quand le monde paraissait revigoré, assaini.

Thomas huma le parfum de mes cheveux et croisa les bras dans mon dos, la paume de ses mains effleurant mes épaules. Il laissa échapper un soupir de bien-être.

— Je n'aurais jamais imaginé ressentir ça à nouveau, dit-il. Fallait-il vraiment que je sois aveugle ou stupide ?

— Peut-être les deux… osais-je ajouter.

Le jeune homme eut un petit rire qui vibra jusqu'au plus profond de mon être. Moi qui craignais d'avoir commis la gaffe de trop, sa réaction amusée me rassura.

— Pas faux, concéda-t-il. En fait, ne t'excuse pas d'avoir raison, car je n'avais jamais autant merdé de toute mon existence. Crois-moi, c'est long pour porter le poids d'une telle erreur. Je ne l'ai compris qu'après t'avoir quittée.

— Raconte-moi, s'il te plaît.

Je craignais qu'il ne se ferme comme une huître et ne se confie jamais à moi sur ce qu'il avait vécu et comment. Pendant un instant, il garda le silence. Contrairement à ce que j'appréhendais un peu, ce n'était pas un refus de parler, mais plutôt qu'il réfléchissait à la formulation de sa réponse.

— Cette nuit-là, j'étais dans un état d'esprit très particulier. Dominé par la honte de mes actes envers toi. Tu venais de perdre… non, je t'ai pris beaucoup de sang et tu aurais pu en mourir. C'était d'ailleurs le but de la manœuvre ; te pousser aux limites de l'agonie pour laisser l'âme de Rosalyne refaire surface. Mais comme ton corps affaibli n'aurait pas survécu, l'étape suivante consistait à te faire boire mon sang afin de… te…

— Afin de me transformer, complétais-je d'une voix blanche.

Il ne dit rien, contrit, mais son hochement de tête confirmait mes craintes. Je fus prise de frissons irrépressibles en imaginant ce à quoi j'avais échappé. Les mains posées sur sa poitrine, je me redressais pour croiser son regard, mais il n'osait pas lever les yeux sur moi. Son tourment m'atteignit en plein cœur.

— Tu voulais faire de ta bien-aimée une vampiresse.

— Pour que l'on puisse rester ensemble à tout jamais. La promesse de l'amour éternel dont je n'ai cessé de songer durant des siècles de solitude. Alors que ce rêve était enfin à ma portée, que la femme qui s'avérait être la réincarnation de Rosalyne était à ma merci et que l'essence de sa vie coulait en moi, une vérité m'a frappé.

Tu gisais dans mes bras, et ça m'a rappelé quand ma bien-aimée est morte. Comme si le passé était revenu à la charge ! Sauf que cette fois, c'était moi le seul responsable de ton agonie et je n'ai pas pu me résoudre à te condamner aux mêmes souffrances que les miennes. T'emporter avec moi dans les ténèbres. Et puis, il y a eu tes mots…

— Lesquels ?

— Ceux chuchotés par ton cœur alors qu'il s'affaiblissait.

« *Je t'aime, Thomas.* »

— Ce n'était pas Rosalyne qui s'exprimait ainsi, mais *toi*… Rose, c'est ton amour que j'ai entendu. La force de tes sentiments est parvenue jusqu'à moi. J'étais stupéfait par l'ampleur de mon égoïsme. Tu t'étais offerte corps et âme, mais j'étais sur le point de te détruire. Si Rosalyne avait su ce que j'avais osé faire, elle m'en aurait terriblement voulu. Sacrifier ainsi une innocente après avoir abusé de ses sentiments. Il n'y avait pas lieu d'en être fier. Après avoir refermé ta blessure, je t'ai ramenée dans ta chambre… et je me suis enfui. Une réaction d'une lâcheté sans nom, tu peux le dire. C'est alors que la cruauté du passé m'avait rattrapé. Les grilles des ruines étaient de nouveau ouvertes, à l'arrière du château. Ce n'était plus arrivé depuis le décès de celle que j'aimais. D'un pas incertain, je suis retourné là où je l'avais incinérée. La douceur du parfum des roses n'avait fait qu'exacerber mon tourment alors que je pensais à toi. Toi que j'ai failli tuer au nom d'un amour passé qui m'avait échappé jadis.

Tout en parlant d'une voix étranglée, Thomas me serrait contre lui. Comme pour se rassurer que j'étais bel et bien vivante.

— Pendant trop longtemps, mon propre cœur s'était éteint. Mort. Rien n'est gratuit, surtout pas l'immortalité. J'en paierai le prix pour l'éternité. Les jours et les nuits se ressemblaient tant que je ne les distinguais plus. Puis, les semaines et les mois laissèrent place aux années et aux décennies. Le temps n'avait guère d'emprise sur moi. Rien ni personne ne réussissait à attirer mon attention.

— Jusqu'à ce que tu m'aperçoives dans le parc ?

Je sentis Thomas esquisser un sourire timide tandis que je m'étais de nouveau blottie dans la chaleur de ses bras. Rien à faire, j'étais définitivement devenue accro à ses câlins et à la douceur de ses mains sur ma peau. Ce garçon était une savoureuse friandise à lui seul. Ses caresses le long de mon dos étaient aussi exquises que friponnes, puisque ses mains descendaient un peu plus à chaque geste, jusqu'à effleurer l'arrondi de mes hanches. Voire même plus bas. Le garnement adorait me toucher. Tant mieux, car j'aimais ça.

Il souleva mon visage vers lui et son bisou au bout de mon nez me fit sourire.

— Tout a changé quand je t'ai vue. Tu m'as séduit, même en me traitant de malotru alors que je t'avais empêchée de tomber dans la rivière. À tes côtés, j'éprouvais à nouveau quelque chose de beau et de pur… tout en retrouvant celle que je désespérais de revoir un jour. Surtout, tu m'avais arraché aux affres de la solitude. Pour la première fois depuis si longtemps, je n'étais plus seul. Mais au lieu de réaliser cela, j'ai ourdi mon plan pour faire revenir Rosalyne du royaume des morts pour qu'elle reste avec moi. Seigneur, Rose, je suis tellement désolé ! J'étais déjà en train de passer à côté du plus beau cadeau qu'il m'ait été offert, sans même en avoir conscience.

Inquiète par la désespérance de sa voix, je me redressais pour l'enlacer et pour lui rappeler qu'il n'était plus seul désormais. Je l'embrassais dans l'espoir d'apaiser son tourment. Il se détendit à mon contact et me regarda avec une adoration muette qui me fit fondre.

— Rose, je suis vraiment un imbécile. Je ne te mérite pas.

— Si tu étais un imbécile, ce serait de première catégorie. Mais j'avoue ne pas saisir ce que tu entends par cette histoire du *cadeau* qui t'aurait été donné.

Ma remarque l'avait interloqué, étant donné sa façon de me regarder. S'il était un imbécile, alors moi je ne comprenais rien à rien. Au final, on se complétait très bien, tous les deux.

— Quand le château a été racheté en 1995, je me suis intéressé aux travaux de rénovation. Cela m'apportait une certaine distraction de voir une nouvelle vie offerte à ces vieilles pierres. Comme tout n'était pas en train de redevenir à l'identique de ce que j'avais connu alors, je m'amusais des choix effectués pour l'aménagement de chaque pièce. Comme quand un home cinéma a été installé dans l'une des tours. Je me suis régalé des films qui y ont été projetés par la suite.

Puis un billard remplaça ce qui était jadis un salon de musique, avec un magnifique clavecin. Mais aïe ! Qu'est-ce qui te prend ?

Je venais de lui donner un petit coup de poing sur la poitrine.

— Je le savais ! exultais-je. Quand Nathaniel m'a montré des photos sur sa tablette numérique, j'ai reconnu l'instrument que j'avais discerné. J'étais sûre qu'il y avait eu un clavecin et non un billard. Voilà que tu confirmes que mes visions n'avaient rien d'hallucinations et que je ne suis pas folle. Enfin si… Je suis folle de toi, mais ce n'est pas la même chose. Merci, Thomas !

— Euh… De rien, fit-il encore surpris par ma réaction.

— Mais pardon, je t'ai interrompu !

— Oh, ce n'est pas grave, ajouta-t-il après m'avoir embrassée sur la tempe. Revenons aux travaux dans le château. Il y avait une femme qui s'occupait de la rénovation des murs du salon et de la salle à manger principale. Sa patience était infinie, face à une tâche d'une telle ampleur, et d'une méticulosité qui n'avait de cesse de m'étonner. Un jour, elle portait un tee-shirt avec une citation qui m'avait marqué de façon inconsciente, mais qui n'avait alors aucun sens pour moi.

— Tu t'en souviens ?

— Plutôt, oui. C'était de Frédéric Nietzche : *« Hier est derrière. Demain est un mystère. Mais aujourd'hui est un cadeau. C'est pourquoi on l'appelle le présent. »*

Si la citation en elle-même était positive et pleine d'espoir, je sentis néanmoins mon amant se rembrunir à ces mots.

— Sur le moment, je n'y ai pas attaché d'importance… jusqu'à la nuit où j'ai franchi la grille ouverte des ruines pour la seconde fois. Bien sûr, il ne restait rien du bûcher que j'avais érigé jadis. Là, tiraillé entre le passé et le présent qui s'entremêlaient douloureusement en moi, je me suis effondré sur le sol. J'ai honte de l'avouer, mais j'ai pleuré comme un enfant. Roulé dans l'herbe, je ne pouvais plus retenir mes larmes alors que ces mots, oubliés pendant des années, étaient revenus en force pour me supplier avec le poids de mon incommensurable erreur.

— Comment ça ? murmurais-je, gagnée par son émotion.

Thomas me caressa les cheveux d'un geste doux.

— « *Hier est derrière.* » Pendant des siècles, je n'ai fait qu'entretenir l'espoir illusoire de revivre le bonheur qui m'avait été arraché par la cruauté de mon père. Je m'acharnais plus que tout à rétablir un temps révolu qui ne reviendrait jamais. « *Demain est un mystère.* » Là encore, je n'envisageais pas que quelque chose de bien pourrait m'attendre un jour prochain. Enfermé dans un passé que je ne voulais pas quitter, l'avenir n'était plus qu'une notion dépourvue de sens, à jamais effacée de mon vocabulaire. Quant au présent, n'en parlons même pas ! Là non plus, je n'ai rien vu venir. Je ne m'étais pas attendu à toi, Rose. C'était *toi* le présent.

Incroyable comment l'impact de ce mot qui faisait autant référence à aujourd'hui qu'à un cadeau pouvait être à ce point perturbant, même pour moi, alors que j'en prenais à peine conscience. Je n'osais pas imaginer dans quel état cela avait pu mettre une âme aussi meurtrie que celle de Thomas, lui qui avait été accablé par plusieurs centaines d'années de chagrin et de regrets. Les larmes me vinrent aux yeux et il s'en désola.

— Non, ma douce... Je ne voulais pas te faire de peine en te racontant ça. Mais tu as le droit de tout savoir. Je ne veux pas te mentir comme je m'étais menti à moi-même pendant si longtemps.

D'une main légère sur les pommettes, il estompa mes larmes.

— C'était toi le cadeau qui venait de m'être offert. Une seconde chance d'aimer, de ressentir et de vivre. Tu es la seule à avoir réussi à percevoir et atteindre une zone de mon être qui s'était défraîchie. Un recoin obscur de mon âme à l'abandon, laissé pour mort. Et il a suffi que tu arrives pour y apporter ta lumière. C'était comme si tu avais ramené mon cœur à la vie. Sauf que je ne l'ai pas compris ainsi. J'ai tout gâché ce soir-là. Avec le sang que tu as perdu, tu risquais de ne pas t'en sortir et t'avoir mise en danger me dévastait. Je n'ai jamais rien su faire d'autre que prendre des vies. Il me fallait faire marche arrière. C'était à moi de réparer cette erreur, mais...

— Mais tu ignorais comment faire.

— C'est ça. Si j'avais pu obtenir le pouvoir obscur d'exercer ma vengeance au cours du passé, j'espérais qu'il soit encore possible de te sauver. En tout cas, je le souhaitais de tout mon être. J'ai fini par reprendre connaissance en dehors des ruines. Le portail était fermé et j'en étais arrivé à me demander si je n'avais pas rêvé quand j'ai senti un pouvoir pulser au creux de ma main. C'était chaud et doux, comme un cœur palpitant de vie et gorgé d'espoir. J'entrouvris les doigts et distinguais cette lumière qui me fit comprendre que tout n'était pas encore perdu. Je suis donc revenu te voir et... tu connais la suite.

Je hochais la tête au souvenir de ce pouvoir qui m'avait ramenée à la vie, sentant que l'histoire du jeune homme ne s'arrêtait pas là où nos chemins s'étaient séparés.

— Même si j'étais heureux de te revoir, la honte m'accablait toujours. Je voulais me montrer digne d'une aussi belle âme que la tienne et de l'amour que tu m'avais offert. Cela m'a pris du temps pour faire le tri dans tout ce que j'ai appris cette nuit-là.

Mon expression perplexe l'amusa.

— Je t'ai dit que le sang recèle la quintessence d'un individu. En me nourrissant du tien, j'ai tout su de toi. Vraiment *tout*. Le plus merveilleux a été de revivre notre rencontre à travers ton regard et tes sentiments. J'ai pu partager la moindre de tes perceptions quand nous étions ensemble. D'ailleurs, même si je m'en doutais un peu, je n'aurais jamais imaginé que je puisse te faire autant d'effet, à en croire la réaction de tes hormones. Et puis... Tu ressembles peut-être à Rosalyne, mais j'ai remarqué des différences très intéressantes.

Il s'interrompit pour m'allonger sur le dos. Là, il me caressa les seins en tourmentant la pointe turgescente entre ses doigts avant de lever son visage vers moi avec un sourire coquin.

— J'ai constaté que les tiens sont indéniablement plus fermes, plus ronds et plus... réceptifs. En tout cas, je les adore.

Je devins rouge pivoine.

— Non, mais quel obsédé, ce mec ! m'exclamais-je en lui assénant un coup d'oreiller en plein visage.

Le garnement éclata d'un rire franc et s'empressa de me l'arracher des mains pour se défendre. Il jeta le coussin à terre et se dépêcha d'éloigner le deuxième avant que l'envie ne me prenne de le frapper avec. Encore hilare, Thomas m'épingla sur le lit pour me gratifier d'un de ses baisers de voyou dont je raffolais. Je déposais les armes aux pieds de la sensualité avec joie, car c'était un adversaire hors catégorie et j'adorais le laisser gagner.

— À travers tes sensations, reprit Thomas après m'avoir libérée, nos baisers n'en ont été que plus suaves et nos caresses voluptueuses. Ça m'a bouleversé, mais pas de façon douloureuse. Bien au contraire. Grâce à toi, j'ai pu faire mes adieux à Rosalyne et laisser son âme reposer en paix. *« Hier est derrière. »* Pour cela, il fallait me résoudre à abandonner le fait de m'y raccrocher en vain. J'ai soudain réalisé ce que je souhaitais vraiment. C'était toi, Rose. En dépit de ce que je t'avais fait, je te désirais toujours autant. Je voulais que tu aies envie de moi et que tu m'aimes. Maintenant que j'avais enfin décidé de m'intéresser au présent, je ne pensais plus qu'à toi. Le moment de te rejoindre était venu. Mais je ne n'avais rien à te promettre, alors que j'espérais déjà tout, si ce n'est plus. C'est nul, pas vrai ?

Je fis signe que non de la tête, amusée de voir ce bel homme patiner dans l'expression de ses émotions. Ce n'est pas un exercice dans lequel il excellait, mais qu'à cela ne tienne. Il avait d'autres *talents* dont je comptais bien profiter, maintenant qu'il était revenu dans ma vie. Après tout, qu'il assume de me rendre folle de désir chaque fois qu'il me touche.

— Tu sais, ajouta-t-il un peu gêné, j'ai ressenti quelque chose dès l'instant où je t'ai vue. D'abord dans le parc, mais aujourd'hui plus encore. Comment l'expliquer ? C'était comme si les aiguilles du temps avaient recommencé à bouger en moi. J'ai trente ans depuis plus de deux siècles, mais je me plais à croire que l'an prochain, j'aurai trente et un ans. Que ma vie en dehors du temps est enfin terminée et qu'il a repris son cours normal. À tes côtés. Un jour, mon existence s'achèvera et j'espère qu'on sera ensemble.

Émue, je me rehaussais un peu pour l'embrasser. Quand il se recula, c'était pour me scruter avec un éclat solennel.

— Me laisseras-tu t'aimer, Rose ?

— J'ai l'impression que c'est déjà fait, non ? le taquinais-je.

— Sérieusement… soupira-t-il. Ne te joue pas de moi et réponds à ma question. Me laisseras-tu t'aimer ?

Mon cœur se serra face à son désarroi qui m'ôta toute envie de rire, et mon regard se fit tendre quand ces mots franchirent mes lèvres.

— Oh oui… Parce que je t'aime.

— De toute mon âme, compléta-t-il avec émotion.

Il m'enlaça en tremblant alors que je caressais ses mèches soyeuses et là, je vis que la lumière du soleil filtrant à travers les rideaux fins s'était décalée durant la matinée. Elle avait atteint le lit, nimbant la peau du jeune homme. Je me souvins que la même chose était déjà arrivée au château, quand il m'avait quittée. Ce qui me fit réaliser qu'il pouvait dorénavant supporter la lumière directe du soleil. Après que son cœur se soit remis à battre, c'était la seconde manifestation concrète d'un miracle. Réprimant les larmes d'allégresse qui me montaient aux yeux, je serrais Thomas contre moi de plus belle, heureuse de voir qu'il m'était revenu et de ce qui lui avait été restitué… y compris la Vie.

Je savais que Thomas m'aimait et que le passé n'aurait aucune emprise sur ce que nous ressentions l'un pour l'autre, car j'étais celle qui lui avait redonné l'envie de croire en nous. Moi aussi, je voulais être plus pour lui. Tellement plus.

Être son amie pour faire face à l'avenir devant nous.

Être son amante qui panserait son cœur meurtri.

Être son âme sœur qu'il avait espérée tout ce temps.

GÉNÉRIQUE DE FIN

« Adagio »
{Paroles : Lara Fabian, Rick Allison et Dave Pickell
Musique originale : Tomasco Albinoni
Arrangements : Rick Allison et Dave Pickell}

I don't know where to find you
I don't know how to reach you
I hear your voice in the wind
I feel you under my skin
Within my heart and my soul
I wait for you
Adagio

All of these nights without you
All of my dreams surround you
I see and I touch your face
I fall into your embrace
When the time is right I know
You'll be in my arms
Adagio

I close my eyes and I find a way
No need for me to pray
I've walked so far
I've fought so hard
Nothing more to explain
I know all that remains
Is a piano that plays

If you know where to find me
If you know how to reach me

Before this light fades away
Before I run out of faith
Be the only man to say
That you'll hear my heart
That you'll give your life
Forever you'll stay

Don't let this light fade away
Don't let me run out of faith
Be the only man to say
That you believe, make me believe
You won't let go
Adagio

POSTFACE

Pour comprendre pourquoi cette histoire a une grande importance à mes yeux, un *flasback* s'avère nécessaire. Nous étions alors en été 2006 et je faisais partie d'un forum ésotérique. En tant que journaliste, j'écrivais des articles. Des critiques de livres le plus souvent, quelques interviews d'auteurs acceptant de jouer le jeu, mais aussi des textes informatifs sur différents sujets…

Ainsi qu'une nouvelle : *Un Souvenir à Fleur de Peau*.

C'était la toute première fois que je m'essayais à cet exercice. Non seulement pour le plaisir de tenter l'expérience, mais sans doute plus pour avoir l'avis des membres du site sur ma capacité à mener une intrigue, aussi brève soit-elle.

Voilà comment cette nouvelle a vu le jour. Et quand une histoire vous habite à la limite de la hantise, elle vous brûle les doigts et n'a de cesse de trouver un moyen d'expression, aussi maladroite soit-elle. C'était alors une œuvre de jeunesse dans la carrière encore balbutiante d'une conteuse d'histoires.

Depuis, cette version a été revue et corrigée de ses erreurs les plus flagrantes et autres répétitions en vadrouille, même si je voulais quand même la conserver le plus possible dans son jus. L'idée était de ne pas la départir de ce qu'elle avait été dès l'origine.

À noter que c'est au moment de réunir d'autres nouvelles pour ce qui deviendrait un projet de livre à part entière, sous le titre de *Kaléidoscope*, que j'ai commencé à envisager une réécriture de cette petite histoire. L'idée était de lui donner plus d'ampleur avec un contexte et une narration différents, ainsi qu'un véritable casting.

Les textes du recueil se suivaient selon un ordre chronologique et l'envie de démontrer l'évolution d'écriture qui s'était opérée durant toutes ces années me plaisait. Si j'avais su à ce moment-là comment tout ceci allait tourner, je m'en serais peut-être abstenue *(rires)* !

Ayant fait des études artistiques et du théâtre, j'en ai gardé une conception très visualisée de la narration romanesque. Pour envisager une refonte de cette histoire, il me fallait donc un support. Un château où se situerait l'action. Un lieu réel sur lequel m'appuyer, à travers des photos et des documents architecturaux, mais aussi grâce au contexte historique qui s'y rattacherait.

Ma quête d'une forteresse médiévale m'a ainsi conduite au château de Montbrun, en Haute-Vienne. Un endroit chargé d'un passé riche qui est devenu, bien malgré lui, la scène d'une fiction issue de mon imaginaire... quelque peu débridé.

Bien sûr, je n'ai jamais eu la prétention de vouloir écrire un traité académique et je n'ai pas manqué de prendre des libertés, autant avec l'histoire du château et des gens qui l'ont peuplé, mais aussi avec son agencement actuel, d'après la documentation que j'ai pu trouver.

Entre la fiction et ce qui tient lieu du réel, l'écrivain tisse ce qui va devenir la trame de son récit. En l'occurrence, le château de Montbrun m'aura fourni un terreau fourmillant de richesses insoupçonnées.

Sous cette nouvelle optique, la narration a pris bien plus d'ampleur que je ne l'avais prévu au départ. Les personnages ont tenu à vous raconter leurs péripéties et les émois de leurs cœurs. Il m'était presque impossible de les contenir.

Le compteur de mots s'est alors emballé... et pas qu'un peu. De nouvelle, *Souvenirs à Fleur de Peau* devenait une novella, voire presque un roman !

Dès lors, il était hors de question de l'ajouter au recueil de nouvelles, sous peine de le faire exploser. Déjà qu'un texte avait connu aussi une cure de croissance exponentielle, cela risquait de faire trop parmi les autres histoires plus courtes. La décision fut donc prise de lui laisser le champ libre, dans une publication à part entière. Celle-ci.

Il existe à présent trois moutures de cette romance vampiresque. Celle d'origine est encore sur ce forum où elle a vu le jour et j'avoue ne pas trop avoir envie de vous la montrer. J'ai honte... La version la plus connue figure dans le recueil de nouvelles *Kaléidoscope*. Quant à cette troisième, elle est devenue plus longue, plus étoffée, et ferait presque passer les précédentes pour une amourette fleur bleue.

Au moment d'arriver à la conclusion, j'avoue que des doutes m'ont assaillie. Le mode ouvert de la toute première version me plaisait bien et une citation d'Umberto Eco y correspondait à merveille : *« L'écrivain essaie d'échapper aux interprétations, non pas nécessairement parce qu'il n'y en a pas, mais parce qu'il y en a peut-être plusieurs et qu'il ne veut pas arrêter les lecteurs sur une seule. »*
Je ne voulais pas vous enfermer dans une vision limitée de la fin. Un peu comme celle d'un conte de fées, à ceci près que ce n'en est pas un, loin de là !

Cependant, au cours de l'écriture, j'ai tenu à donner un *Happy End* à cette histoire où nos amants seraient enfin réunis. Les doutes que je comptais laisser subsister ont fini par disparaître. En particulier sur ce qu'il était advenu du mystérieux Thomas. Celui qui rejoint Rose serait-il la réincarnation de l'âme aimante du jeune comte de Montbrun ? Son descendant ? Ou bien l'amour de Rose aurait-il eu le pouvoir de faire revenir un vampire désespéré à la vie ?

Je voulais vous laisser deviner, mais j'ai fini par choisir la dernière option. Voyez-y un clin d'œil de fan au roman *Warm Bodies* d'Isaac Marion. Une espèce de Roméo & Juliette apocalyptique porteuse d'espoir pour des zombies qui apprennent à redevenir humains. Ça changeait tant des clichés standards du genre !

Les Ténèbres n'avaient que trop perduré dans cette romance et l'idée de la contrebalancer avec le retour de la Lumière me plaisait plus. Sans compter avec l'impact du pouvoir de la rédemption et des émotions suscitées par la catharsis. Je dois avoir l'âme carrément romantique, voire un peu trop lyrique… mais j'assume.

M@giquement,
~Lise-Marie Lecompte
Imaginærum, printemps 2021.

BONUS
LA RENCONTRE DU PARC
du point de vue de Tom

Je n'avais pas pu m'en empêcher.

L'envie avait été trop forte pour ne pas y céder.

Je l'avais suivie dès qu'elle était revenue dans l'enceinte du château, après avoir quitté la Taverne. Une sensation de malaise troubla ses traits, mais elle ne m'avait pas remarqué. Pourtant, je la pistais depuis déjà un bon moment. Pouvait-elle percevoir que je l'observais à son insu ?

Cette femme m'intriguait depuis son arrivée, avec le groupe de visiteurs venus en milieu de matinée. Parmi eux, un romancier aux cheveux poivre et sel avait aussi piqué ma curiosité, mais c'était avant de croiser son regard à *elle*.

Elle devait avoir environ trente ans, la chevelure mi-longue d'un blond cendré aux mèches rebelles. Mais c'était surtout la nuance lilas de ses yeux qui m'avait plu. Je n'avais plus vu une femme ayant un tel regard depuis… si longtemps que je n'osais à peine y croire. Pourtant, à y réfléchir à deux fois, elle ressemblait beaucoup trop à quelqu'un que j'avais connu pour que ce ne soit qu'une banale coïncidence.

J'étais d'un tempérament détaché du monde qui m'entourait, au point qu'il en fallait beaucoup pour réussir à m'extirper de ma désinvolture habituelle.

Le château de Montbrun avait été rénové de fond en comble, mais personne ne pouvait se vanter de le connaître mieux que moi. Que ce soit les accès réservés au personnel, mais aussi les différents passages secrets qui jalonnaient l'édifice. Selon une expression amusante, on dirait de quelqu'un qui occuperait un lieu depuis si longtemps qu'il ferait en quelque sorte « partie des meubles. »

Me concernant, j'aurais presque fait partie intégrante des fondations. Présent depuis des siècles. Au sens littéral.

Pendant que Marthe guidait les visiteurs dans l'ensemble du château, je parvins à suivre le groupe à distance. Je pouvais ainsi me concentrer sur celle qui avait capté ma curiosité, mais de façon assez positive. Grâce au Ciel. D'ordinaire, ceux à qui je consacrais ma complète attention voyaient leur espérance de vie réduite à néant après avoir croisé mon chemin.

L'odeur de cette femme m'aurait permis de la suivre les yeux fermés. Chaque être humain possédait une fragrance subtile qui lui est propre et que j'ai appris à discerner. Celle qui m'enivrait les sens m'évoquait le parfum délicat du chèvrefeuille et du miel. Là encore, cela me rappelait celle que j'avais connue... jadis.

Je ne savais même pas son nom, mais ça ne m'avait pas empêché de lui emboîter le pas à partir du moment où elle avait contourné la forteresse médiévale pour s'aventurer dans la zone boisée proche de la rivière voisine. La discrétion était l'un de mes points forts, mais en remarquant qu'elle avait mis des écouteurs à ses oreilles, il était évident qu'elle ne m'entendrait pas m'approcher d'elle. Je continuais à la suivre, en demeurant hors de sa vue. Elle arriva alors au niveau des ruines qu'elle n'avait pas manqué d'apercevoir durant la visite. Elle s'était attardée à côté de ce qui restait d'un édifice en pierres, dont il ne subsistait qu'un pan de mur accolé à un muret avec un antique portail métallique fermé. Il y avait çà et là un lierre abondant ainsi qu'un rosier grimpant orné d'élégantes fleurs rouges. Ces vestiges dataient de plusieurs siècles au bas mot et même certains arbres avaient près de six cents ans. Cela ne manquait jamais de m'étonner de voir que certaines choses n'avaient eu de cesse de faire partie de ma vie.

La jeune femme avait sorti un carnet épais de son sac ainsi que ce qui devait être un fusain dont elle se servit pour dessiner.

La frustration de ne pas pouvoir satisfaire ma curiosité me gagna.

Dommage que je sois aussi loin, j'aurais aimé voir ses esquisses.

J'avais déjà entendu sa voix, quand elle s'était entretenue avec Marthe ou l'écrivain. Là, elle ne devait pas s'être rendu compte qu'elle fredonnait la chanson qu'elle écoutait. Quant aux paroles, un fol espoir m'avait fait croire qu'elles m'étaient destinées. En tout cas, ces mots m'appelaient et me poussaient vers *elle*.

I saw a man I'd seen before
As I approached, he slipped away...

I knew his face from years ago
His smile stays with me ever more
His eyes, they guide me through the haze
And give me shelter from the storm...

As I walk I can feel him,
Always watching over me...

S'il s'agissait d'un envoûtement, il avait fait effet au-delà de ce que j'aurais cru possible, car je venais de glisser dans un état similaire à une transe et je m'étais approché d'elle.

La jeune femme s'était relevée, semblant satisfaite de son œuvre. Elle n'avait même pas pris conscience que je me tenais à présent tout juste derrière elle. D'une main légère, elle ôta ses écouteurs, mais le son de la rivière devait être trop fort et elle n'entendit pas les mots que je lui adressai alors.

— Vous avez du talent.

Son cri de frayeur me surprit autant que j'avais dû lui faire peur et nous avions sursauté tous les deux. Je n'eus que le temps de refermer mes bras autour d'elle et la plaquer contre moi avant qu'elle ne perde l'équilibre. Il s'était fallu d'un rien pour qu'elle dégringole dans la rivière en contrebas. Une chance que j'aie de bons réflexes.

Là encore, l'étonnement me saisit alors que je tenais cette femme dans mes bras. Impossible d'ignorer les courbes voluptueuses de son corps. De celles qui me donnaient envie de les explorer des yeux, mais aussi avec mes doigts, ma bouche, voire même... Des idées follement audacieuses me vinrent à l'esprit. L'espace d'un trop bref instant, je m'étais cru béni des dieux en sentant l'arrondi de ses seins pressés contre mon bras. Sans exagération, il devait y avoir de quoi remplir les mains d'un honnête homme.

À ceci près que je ne suis pas un honnête homme.

Loin de là.

Je n'étais même plus humain.

Elle chercha alors à se dégager de mon étreinte, les joues rouges. Aussi, je la relâchais sans attendre.

— Bas les pattes ! fit-elle. Qui que vous soyez, je ne vous remercie pas de la frousse que vous m'avez flanquée.

Sa réaction ne manqua pas de me faire rire.

— Je reconnais avoir été maladroit, avouais-je. Mais j'aurais pu vous retourner le compliment en ce qui concerne la peur. Non seulement vous m'avez surpris aussi, mais j'ai surtout craint d'avoir à vous repêcher dans la rivière. Toutefois, je n'ai pas l'habitude de trouver ce genre de spécimen dans le Dournaujou.

Elle se braqua à cette seule remarque. C'était attendrissant. Avec un demi-sourire, je laissais aller mon regard le long de sa silhouette. Pour un peu, je l'aurais déshabillée des yeux. Je n'ai jamais été attiré par les femmes qui n'avaient que la peau sur les os. De toute manière, il n'y a que les chiens pour se contenter des os et j'étais plus de la même engeance que les loups, en quête de proies plus *appétissantes*. Et celle-ci me paraissait tout à fait délicieuse.

Je la croquerais bien toute crue. Ou toute nue.

Quoi qu'il en soit, cette demoiselle ne semblait pas manquer pas de cran et ça me plaisait.

— Et moi, rétorqua-t-elle d'un ton acerbe, je n'ai pas pour habitude de me laisser toucher par le premier venu. Estimez-vous chanceux ; les rares à avoir encouru ce risque ont eu du mal à marcher normalement.

Oh oui, elle avait du répondant.

J'éclatai de rire en imaginant la scène. De toute évidence, elle ne devait pas entrer dans la catégorie des frêles demoiselles en détresse.

— Je suis désolé de vous avoir fait peur, concédais-je après m'être repris. Ce n'était pas dans mes intentions, mais j'étais dévoré de curiosité de voir ce que vous dessiniez.

J'avais entrepris ensuite de rassembler ses affaires qui s'étaient disséminées au moment où elle avait failli se prendre pour une espèce locale de la rivière. Bien sûr, je n'avais pas manqué de sentir ses yeux s'attarder sur moi au moment de rassembler son matériel de dessin. D'ordinaire, l'attrait que je pouvais susciter chez la gent féminine me laissait de marbre. Pourtant, l'accroissement subtil de la fragrance de cette artiste ne m'échappa pas. Signe indéniable que le désir venait de se déployer en elle.

Alors comme ça, je lui fais déjà de l'effet ? Intéressant...

Elle ne savait sans doute pas à quel point j'avais conscience de son trouble en ma présence, mais c'était amusant. En tout cas, elle paraissait assez déconnectée avec la réalité pour que je commence à m'en inquiéter.

— Vous êtes sûre que ça va ?

Bien sûr, elle continuait de me fixer, au point qu'elle eut besoin d'un petit instant pour revenir à elle.

— Oui... Je vais bien...

— Tenez, ajoutais-je en lui rendant ses affaires, y compris le carnet que je mourais d'envie d'examiner. En retour, elle m'adressa un bref signe de tête en signe de gratitude, quand quelque chose parut la préoccuper.

— Excusez-moi, mais est-ce qu'on s'est déjà vus quelque part ?

— Vous étiez avec le groupe de visiteurs de ce matin, non ? Pourtant, ils sont repartis sans vous. Vous aurait-on abandonnée ? L'écrivain est encore là, lui aussi.

— On a été invités à rester plus longtemps. Lui, pour fouiner dans de la documentation et moi, pour dessiner. Et vous, vous êtes ?

— Oh, excusez-moi. Je m'appelle Tom. Je travaille ici.

Je lui tendis la main et elle parut hésiter avant de me donner la sienne. Le contact de sa peau était doux et je la sentis frémir.

— Et moi, c'est Rose Dujaux. Vous faites quoi, en fait ? Je ne me souviens pas de vous avoir vu durant la visite.

Depuis le temps que j'arpentais les lieux sans me faire remarquer, mon petit *speech* était bien rodé. Au point que je manquais parfois d'y croire moi-même.

— Je suis un peu l'homme à tout faire. Électricité, plomberie, menuiserie, jardinage. Je veille surtout au bon état général de tout ce qui pourrait aller de travers dans ce genre de bâtisse.

Rose se tourna vers la forteresse que l'on pouvait apercevoir de là où nous étions.

— Jolie bicoque, en effet.

J'aimais bien sa vivacité d'esprit.

— Ça protège bien de la pluie, notais-je avec malice. Mais vous, Rose, que faites-vous dans la vie ? Laissez-moi deviner. Vous devez être une artiste-peintre, non ?

— Il y a un peu de ça, mais pas que. Je suis graphiste et photographe indépendante. Mon boulot consiste à répondre aux attentes de mes clients qui passent une commande. Cela m'a donné l'occasion d'étendre l'éventail de mes compétences, même si je travaille le plus souvent dans le domaine de l'édition littéraire. Oh pardon ! fit-elle avec un petit rire. Je ne voulais pas avoir l'air d'étaler mon CV. Après tout, je suis en vacances, et non en quête de nouveaux clients.

Je secouais la tête en signe de dénégation. Qu'elle puisse évoquer sa profession ne pouvait que susciter le respect.

— Vous êtes quelqu'un de passionné et c'est plaisant à entendre. Ça change tellement de ceux qui se plaignent de leur emploi. Au moins, vous aimez ce que vous faites dans la vie. Mais ce doit être compliqué de tout gérer en solo, pas vrai ?

Elle approuva en silence et j'avais bien compris qu'il y devait y avoir des détails dont elle ne souhaitait peut-être pas s'entretenir avec moi. Par discrétion, je préférais ne pas insister à ce propos. Je ne voulais pas qu'elle se sente mal à l'aise. Sans m'en apercevoir, je me tenais tout près du muret où abondaient les fleurs et Rose me regardait à présent avec un éclat déterminé dans les yeux. De toute évidence, elle avait une idée derrière la tête me concernant. C'était assez étrange pour m'interroger quant à ses intentions à mon égard.

Se pourrait-il que ce soit les mêmes que les miennes ?

Sans doute pas. Sinon, elle serait déjà dans mes bras et je dévorerais ses lèvres de baisers exaltés, non sans avoir glissé une main sous sa tunique mauve jusqu'à sa poitrine opulente. L'expression débridée de ma libido me surprit au plus haut point.

— Il faut que je vous dessine.
— Pardon ? lâchais-je, désarçonné.
Alors là, je ne m'étais pas attendu à ça.
— Laissez-moi faire votre portrait, insista-t-elle.
— Sérieux ? Non ! Non, il n'en est pas question. Arrêtez de me regarder et trouvez-vous un vase.

Et puis quoi encore ? Il ne manquerait plus qu'elle me demande de me dévêtir pour prendre la pose.

Même si, tout bien réfléchi, l'idée que cette femme en vienne à me déshabiller me plaisait. Non, je la désirais carrément ! Mon corps réagit en conséquence tandis que je me sentais de moins en moins à l'aise dans mon pantalon. Compte tenu de l'état dans lequel j'étais, il m'aurait été impossible de lui cacher à quel point elle *m'intriguait*.

— Allez, soyez sympa, fit Rose. Je n'ai pas esquissé de visages depuis longtemps et ma technique risque d'en pâtir.

À insister comme ça, elle allait finir par aboutir à ses fins. Résigné, je me passais la main dans mes cheveux et soupirais.

— Bon, d'accord, mais vous êtes étrange. La plupart des gens se contenteraient de prendre une photo. Clic-clac, au revoir et merci.

Le sourire aux lèvres, Rose se rassit avec les jambes croisées et disposa son carnet ouvert sur ses genoux. Tout en me parlant, elle affûta la pointe d'un fusain avec un petit couteau.

— À ceci près que je ne suis pas la plupart des gens et vous non plus. Vous méritez mieux qu'un instantané volé à la sauvette. Crayonner me permet de garder plus de détails en mémoire. Et puis, allez savoir pourquoi, mais ça me plairait beaucoup de vous… dessiner.

Tiens, elle avait marqué un temps d'arrêt inattendu. Je me demandais pourquoi. Avait-elle voulu employer un mot précis avant de se raviser ? Il fallait que j'en aie le cœur net.

— Pourquoi cette hésitation ? Vous alliez utiliser un autre mot, n'est-ce pas ?

Il semblerait que j'ai vu juste, à en croire la crispation qui venait de la saisir. C'était assez mignon de la sentir aussi embarrassée.

— En fait, oui… finit-elle par avouer. Comme ce ne sera qu'une simple esquisse, j'ai failli dire que j'aurais aimé vous *croquer*, selon le lexique approprié. Dommage que ce terme ait changé de connotation, de nos jours. Alors, je ne tiens plus ce genre de propos pour éviter tout risque de confusion potentiellement embarrassante.

Okay... Je comprends mieux pourquoi elle rougit ainsi.

L'intensité de son désir s'était accentuée, saturant presque mes sens. Sa façon de penser me plaisait de plus en plus. Surtout si cela impliquait qu'elle puisse m'envisager comme une friandise à savourer. Avec un sourire ambigu, j'imaginais déjà Rose goûtant ma peau du bout de ses lèvres ourlées. J'avais une folle envie de l'embrasser, de la toucher et la caresser jusqu'à la faire défaillir de plaisir.

Une réminiscence de ma bien-aimée, que je trouvais sublime dans l'extase, m'arracha un sourire doux-amer. Rose le remarqua.

— Ce genre d'expression est belle pour un portrait, mais ce n'est pas facile de garder la pose. Il va falloir tenter autre chose.

Le côté artiste pro de la jeune femme avait repris le dessus, mettant un terme à cet instant de nostalgie qui m'avait gagné.

— Comme quoi ? demandais-je, intrigué.

— D'avoir à l'esprit une pensée heureuse. Quelle qu'elle puisse être ; un souvenir agréable, votre dessert préféré, quelqu'un à qui vous tenez, la bestiole que vous aviez enfant… etc.

Je ne pus me retenir de sourire à ses mots, mais je parvins -par je ne savais quel miracle- à rester un tant soit peu sérieux. Au moins le temps de laisser Rose dessiner tranquillement. Un instant de paix s'installa entre nous et je me surpris à chérir la simplicité autant que la sincérité de ce moment. Sans en avoir conscience, Rose avait réussi le tour de force improbable de m'arracher à la solitude qui était la mienne depuis trop longtemps. En sa compagnie, je me suis senti à nouveau *vivant* et cela n'avait pas de prix. Dire que je l'avais suivie jusque dans le parc, poussé par la seule curiosité. Et voilà qu'à présent, je profitais de sa présence à mes côtés. Comme si ce n'était pas la première fois que nous passions du temps ensemble.

Au bout d'un instant que j'eus du mal à estimer, Rose se releva et contempla le résultat de son travail. Je voulais voir ce qu'elle avait dessiné, en espérant qu'elle ne soit pas une adepte de la période déstructurée de Picasso. Je vins me poster derrière elle pour regarder par-dessus son épaule. Même si j'étais tenté de l'embrasser dans le cou, je me concentrais plutôt sur le portrait qu'elle avait fait de moi… et j'en étais abasourdi. Je ne m'étais pas attendu à un dessin aussi détaillé de mon visage. Pourtant, c'était plus une esquisse un peu brute de décoffrage. Rose avait un don incroyable et j'en étais encore surpris. J'étais prêt à parier que si elle avait pris plus de temps, elle serait parvenue à restituer l'éclat de mon regard, reflétant mon envie d'elle.

— Et bien… murmurais-je. C'est magnifique. Je ne parle pas de moi, mais de votre coup de crayon. C'est impressionnant. Vous avez beaucoup de talent.

Rose semblait touchée par ce compliment, aussi sincère soit-il.

— Pourtant, ce n'est pas la première fois que je dessine des visages. Ça fait partie du B.A.-BA dans ce métier.

— Sans doute, mais vous avez ébauché celui-ci assez rapidement et cela reste très détaillé. Ça, c'est la marque du vrai talent. Vous allez toujours aussi vite dans l'exécution du portrait d'un inconnu ?

À en croire son expression qui se rembrunit, j'avais tapé juste. Rose avait pourtant réalisé une esquisse très fidèle de mon visage, en assez peu de temps, et en tenant compte du fait qu'on venait à peine de faire connaissance. Ce n'était pas rien et elle devait le savoir encore mieux que moi.

— Ça ne tient pas debout, avoua-t-elle sans le dire ouvertement. Vous étiez là, devant moi. Mais maintenant que je regarde ce dessin, c'est comme si quelque chose d'autre avait guidé ma main. Je ne maîtrisais rien.

J'observais la jeune femme avec attention. *Al contrario*, Rose n'avait pas réalisé qu'elle venait de basculer dans une confusion inopinée, tandis qu'elle effleurait le dessin. On aurait dit qu'elle était dans un état second. C'était perturbant.

— C'était comme si je vous avais dessiné…
— De mémoire ? ajoutais-je en devinant sa pensée.
Oui.

Elle n'avait pas eu besoin de parler à haute voix pour que sa réponse me parvienne sans la moindre ambiguïté. D'un autre côté, il fallait admettre la puissance du paradoxe. Cette femme avait esquissé de mémoire le portrait d'un homme qu'elle venait tout juste de rencontrer et dont elle se souvenait dans les moindres détails.

Un doute me tarauda alors.

Un instant ! Se pourrait-il que ce soit... elle ?

Je fermais les yeux et le souvenir d'une demoiselle me revint en mémoire. Je revoyais sa chevelure soyeuse, d'un blond cendré, et son regard espiègle, d'un mauve pétillant de vie. Celle que je n'avais eu de cesse de retrouver, malgré les ténèbres qui jalonnaient ce qui me tenait lieu d'existence depuis trop longtemps. J'osais à peine croire ce qui s'offrait à mes yeux, mais il m'était de plus en plus difficile de ne pas faire face à cette réalité qui s'imposait à moi.

Se pourrait-il que Rose puisse être celle que je cherchais ?

Je devais m'en assurer à tout prix.

Explorer plus avant les strates de ses souvenirs.

Pour cela, j'allais devoir trouver un moyen pour me *rapprocher* de cette demoiselle et je n'étais pas sûr de savoir quelle serait alors sa réaction. C'était comme le flirt ; pour aller plus près, il me faudrait aller plus loin avec elle. À moins que ce ne soit l'inverse, je ne me souvenais plus très bien.

Qui sait, cela pourrait lui plaire autant qu'à moi...

RETROUVEZ

... SUR LES RÉSEAUX SOCIAUX

Toute l'actualité de l'Auteure en temps réel : informations et annonces exclusives, séances de dédicaces, concours, etc.
Instagram : *lise.marie_lecompte*

Pour suivre des informations plus spontanées :
Twitter : *@LecompteLise*

... SUR INTERNET

Pour retrouver les ouvrages de l'Auteure, en eBook et/ou en format papier :
http://lise-marie-lecompte.iggybook.com/fr/

Découvrez le début de ses romans en lecture libre sur la plateforme Wattpad :
https://www.wattpad.com/user/LiseMarieLecompte

DÉCOUVREZ AUSSI...

LA TRILOGIE DRACONIA

1. SOUS LE SCEAU DU DRAGON

« *Il existe un autre monde, mais il est dans celui-ci.* » Paul Eluard

Pour Sylvia Laffargue, ce n'est pas là qu'une simple citation, mais bel et bien une réalité à laquelle elle n'avait jamais été préparée. La vie de cette étudiante bascule soudain lorsqu'elle se retrouve aux prises avec un tueur calculateur et méthodique qui a déjà le sang de plusieurs victimes innocentes sur les mains. Une confrontation qui révèle au grand jour un pouvoir phénoménal, jusqu'ici enfoui.

La magie serait-il l'élément commun entre les victimes ? Pour quelqu'un d'aussi pragmatique que le lieutenant Frédéric Laforrest, qui est chargé de l'enquête, c'est impossible. Et pourtant... De son côté, Sylvia n'a d'autre choix que de s'initier à un monde qui lui est complètement étranger : la magie des dragons.

Au cœur de la *Ville Lumière* où les forces occultes sourdent en secret, les trahisons et les faux-semblants risqueraient bien de précipiter Sylvia au plus profond de l'abyme. De celui dont on ne réchappe pas indemne. À moins qu'elle et ses compagnons ne parviennent à maîtriser la puissante magie draconique.

Une course contre la mort s'engage alors face à un assassin bien décidé à leur faire comprendre qu'il a d'ores et déjà plusieurs longueurs d'avance.

« *Ce roman est passionnant, mêlant thriller, aventure, magie et sorcellerie avec brio.* » Cocomilady

« *En résumé, un 1er roman riche en rebondissements, révélations, avec un univers hautement complexe et époustouflant.* » Lire-Une-Passion

2. LE GLAIVE DE LA LIBERTÉ

La *Porte du Ciel* s'est rouverte, mais les ombres sont plus que jamais présentes pour Sylvia Laffargue et ses amis, membres du Cercle du Dragon Céleste.

Dies Irae (La Colère de Dieu) est un groupement à l'activisme dont la violence monte *crescendo* à l'encontre de quiconque s'adonnant à toute activité liée à l'occulte. Ils ont une signature particulière faisant appel à un flashcode numérique renvoyant à un message vidéo sur YouTube, accompagnée d'une musique puissante de Verdi.

Dans le même temps, Sylvia prend conscience qu'une ombre semble s'être attachée à ses pas : *Thorn*. À la fois dangereux et ingénieux, il a un comportement difficile à cerner, allant jusqu'à s'immiscer dans les plus infimes replis de son inconscient.

Quelque chose ne tourne pas rond avec la magie draconique et cela ne pouvait pas tomber plus mal, alors que *Dies Irae* continue à sévir, risquant même un jour de s'en prendre à *La Voie Initiatique*, et aussi au clan... Les dragons étant considérés comme maléfiques depuis des siècles.

De nouveaux secrets liés aux dragons pourraient se faire un jour, alors qu'un danger incommensurable se profile à l'horizon.

Une seule chose est certaine : l'Ombre gagne du terrain.

Elle risque de frapper très fort... laissant sa marque à tous.

« *La nuit, n'oublie pas le jour. Le jour, n'oublie pas la nuit. Chaque être porte en lui un jour et une nuit. Goûte les deux.* » Proverbe indien

« *C'est avec plaisir et impatience que j'attends la sortie du tome 2* »
Les Reines de la Nuit

3. ENTRE OMBRE & TÉNÈBRES

L'Ombre ne cesse de s'étendre...

Alors que les membres du Cercle du Dragon Céleste pansent leurs plaies, les recherches pour retrouver Sylvia Laffargue se poursuivent. En vain. Les cinq amis doivent-ils se résoudre à l'inacceptable ? Ou bien une autre voie s'apprête-t-elle à s'ouvrir devant eux ?

Une autre *Gardienne d'Obscurité* ?

Sont-ils seulement prêts à faire face aux dangers qui les guettent ? Parce que Thorn rôde dans les Ténèbres. D'autant plus que cet être étrange, et dangereux, a juré d'anéantir leur clan.

Désormais aux côtés de la Loge Noire, Thorn se lance dans la traque de chacun des praticiens de la magie draconique. Les uns après les autres, ils tombent face à cet adversaire méthodique et déterminé à aller jusqu'au bout du but qu'il s'est fixé.

L'Ombre ne cesse de s'étendre...

La Nuit accroît son voile sur le monde, risquant bien de parvenir à étouffer jusqu'à la moindre petite lueur d'espoir.

Ce n'est là que le début de la fin... de tout.

La fin du monde ?

« *Un thriller surnaturel haletant.* » April the Seventh

« *La plume de l'auteure est toujours aussi fluide et maîtrisée. La pression monte, les personnages découvrent des secrets déconcertants, et la fin fait vaciller nos certitudes. Ce qui rend l'histoire passionnante et addictive, nous empêchant de lâcher le roman.* » Karolyn, du blog Plumes de Rêve

Errances

« Lire, c'est voir le monde par mille regards, c'est toucher l'autre dans son essentiel secret, lire c'est la réponse providentielle à ce grand défaut que l'on a tous, de n'être que soi. » Serge Joncour

De hautes parois verdoyantes, constituées d'un buis impénétrable. Un sol pavé de granit aux différentes nuances rosées. Entraînée par un lapin en peluche bondissant et guidée par une boussole qui semble avoir perdu le nord, une femme s'est égarée.

Comment est-elle passée d'une librairie parisienne hétéroclite à cet endroit abracadabrant ? Un Labyrinthe à nul autre pareil. Un dédale qui n'aboutit qu'aux ténèbres, aux impasses et autres univers fantasmagoriques. Des univers d'autant plus troublants qu'ils lui sont familiers ; décors, personnages et autres situations, parfois périlleuses.

Car cette femme n'est autre que l'autrice elle-même.

Perdue dans un monde mystérieux, aussi beau que perturbant, elle n'aura de cesse de vouloir revenir de l'autre coté du miroir. De préférence, en évitant le *Minotaure* lancé à sa poursuite ; une mystérieuse femme vêtue de noir, nourrissant des intentions funestes.

Une ode aux livres, à l'imaginaire, à la créativité et surtout aux *magiciens des mots* que sont les écrivains. *Errances* est une escapade onirique où les romans sont tout autant de portes menant à d'autres mondes. Pour peu que l'on ne finisse pas par s'y perdre pour de bon.

KALÉIDOSCOPE

Au détour d'une douzaine de nouvelles, suivez le lapin blanc, ou un renard roux, à travers tout autant d'histoires tantôt empreintes de surnaturel, amusantes, émouvantes, mais aussi étranges et inquiétantes.

Peut-être vous égarerez-vous au cœur d'un brouillard hors du commun ou dans les dédales d'un palais des glaces à nul autre pareil.

Qui sait... Vous y rencontrerez peut-être des êtres maqués du sceau de la Magie et dont le destin pourrait basculer à tout jamais, mais aussi la Mort, sous différentes formes, et qui pourrait réussir à vous mettre "Échec et mat."

Êtes-vous prêt à découvrir les mille et une facettes de ce kaléidoscope fantasmagorique ?

Le Code de la propriété intellectuelle interdit les copies ou reproductions destinées à une utilisation collective. Toute représentation ou reproduction intégrale ou partielle faite par quelque procédé que ce soit, sans le consentement de l'auteure ou de ses ayants droits, est illicite et constitue une contrefaçon, aux termes des Articles L.335-2 et suivants du Code de la propriété intellectuelle.

La législation sur les Droits d'auteur s'applique aux livres numériques de la même manière qu'aux livres papier. En particulier, le Code de la propriété intellectuelle n'autorise, aux termes de l'Article L.122-5 que « les copies ou reproductions strictement réservées à l'usage privé du copiste et non destinées à l'utilisation collective ».

Le non-respect de cette interdiction constituerait une contrefaçon sanctionnée par les Articles L.332-5 et suivants dudit Code.

ISBN 978-2-3223814-5-6

© Lise-Marie Lecompte 2021
Tous droits réservés